THE FAMOUS FIVE

“五个小侦探”丛书

Enid Blyton

一次远足

FIVE ON A HIKE TOGETHER

[英]伊尼德·布莱顿——著

欧阳耀地——译

王珏——绘

漓江出版社

·桂林·

布莱顿与两个女儿在一起

伊尼德·布莱顿

（Enid Blyton，1897—1968）

英国著名儿童文学作家。早年受过幼儿师范教育，后从事教育报刊工作。她为各种年龄的儿童写了 600 多部作品，在英语世界拥有成千上万的粉丝。她是英国国宝级的童书大王，她的书是“哈利·波特之母”J.K. 罗琳的启蒙读物。在欧洲，她的书被公认为最让家长放心的课外读物；在全球，她的书被翻译的数量超过安徒生和莎士比亚。2008 年，她击败 J.K. 罗琳、简·奥斯汀、莎士比亚，被评选为“英国人最爱的作家”。代表作有《诺迪》、“五个小侦探”丛书等。

“五个小侦探”丛书创作于 1942 年，原先只打算写 6 部，结果问世后大受读者欢迎，到 1953 年共写了 21 部才打住。小说后来在报刊上连载，还被拍成电视剧，热心读者还建立了“五个小侦探”俱乐部，交换不同的阅读感受。2009 年，英国拍摄了一部布莱顿传记片，用白描的手法再现了她的一生。

编辑前言
一起来探险吧！

亲爱的小读者们，“五个小侦探”丛书第二辑终于与大家见面啦！

在 2020 年夏天的蝉鸣声中，我们走进了小侦探们惊险刺激而又温暖有趣的世界。“五个小侦探”是英国著名儿童文学女作家伊尼德 · 布莱顿的知名系列故事，共 21 本，讲述了四个勇敢机智的小朋友与一只狗狗的一系列探险经历，故事性、趣味性极佳，赢得了全世界无数家长与孩子的追捧与热爱。此前我们已推出第一辑，即该系列的前五本。但小侦探们的旅程远没有结束，这一次，我们继续为小读者们带来五个激动人心的探险故事。

时隔两年，大家是否还清晰地记着五个可爱的小侦探呢？还有第一次翻开这套丛书的新朋友们，你们的好奇心是否已被点燃？那就让我们一起来看看这个

特殊的“五人团”——古灵精怪的假小子乔治，沉着机智的大哥哥朱利安，调皮又细腻的狄克，以及善良温柔的小妹妹安；还有一只名叫提摩西的狗狗，它高大威猛，善恶分明，总能在关键时刻表现非凡。

四个小朋友每逢假期，便相约一起，在提摩西的陪伴下，愉快地开启一个个美好的度假计划。途中，他们总有非同寻常的遭遇，但不管遇到多么离奇的事件，陷入何种危险，小侦探们总能集思广益，各展所长，最终成功地解开谜题，逃离危险！

对小侦探们进行了一番介绍之后，让我们来看看第二辑的这五本书吧。

第一本，《重返宝岛》。复活节假期到了，小伙伴们在柯林度假。此时，乔治的科学家爸爸昆丁正在柯林岛做一项秘密实验，一旦成功就可以造福全人类。因此，他不能让任何人打扰他。可是，昆丁叔叔却在半夜听到咳嗽声，还发现了一截新鲜的烟头。他知道别人来不了小岛，因为熟悉航线的渔民接到禁令，不得带任何人上岛。那么，烟头是谁留下的？神秘岛客又是如何来到小岛的呢？

第二本，《幽灵火车》。愉快的暑假开始了，五个小侦探跟着拉菲先生来到荒原露营。荒原下有隧道，

经常有火车经过。孩子们发现山坳里有个废弃的火车调车场，看守人吐露，晚上有“幽灵火车”从废弃的隧道里开出开进。几个小伙伴按捺不住好奇的探险之心，决定去废弃隧道一探究竟……

第三本，《陷入大麻烦》。复活节期间，五个小侦探收拾好行囊，开始一场骑车之旅。然而，阴差阳错之下，狄克突然被人绑架，所有的快乐都化为险情。一切都是因为一个爱说大话、名为理查德的小男孩。其他的小伙伴决计解救狄克，他们会成功吗？

第四本，《冒险的经历》。昆丁叔叔和范妮婶婶到西班牙度假，五个小侦探留在柯林雅舍享受美妙的假期。一天晚上，有贼人闯入了昆丁叔叔的书房。不久，乔治和提摩西一起神秘失踪了。朱利安、狄克和安根据蛛丝马迹开始了追踪，并发现这件事与在海边遇到的流浪女孩乔有关……

第五本，《一次远足》。五个小侦探利用期中假，来了一次徒步远行，他们跋山涉水，玩得不亦乐乎。然而狄克和安因为夜里迷路而被迫借宿在一个破败农家，机缘巧合之下，狄克收到一个越狱犯人误传的口信以及一张纸条。根据这个口信和纸条，小侦探们会找到什么呢？

看到这里，小朋友们是不是已经迫不及待，想要翻开书本先睹为快了？我们还在文中给大家准备了小惊喜：这套外国文学读物的译者姐姐，很认真地为每本书制作了主要人物档案和译名对照表，方便小朋友们查阅；画家王珏老师为每个故事绘制了六幅生动的插图，相信一定能得到小朋友们的喜欢；每个章节结束后，还有一个“想想吧”，内含几个小问题，需要爸爸妈妈或者大哥哥大姐姐提问，小朋友们来回答，问题不难，一起来试试吧！

“五个小侦探”丛书是我们推出的诚意之作，在忠实于原著的基础上，力求为大家呈现原汁原味的情节。这套书打开了女作家布莱顿笔下的探险世界，希望能陪伴小朋友们走过一段幸福而有趣的时光，同时培养敢于斗智斗勇、乐于助人的美好品德。当然，这套书也同样献给永葆童心的大朋友们，愿你们也喜欢！

主要人物档案

即乔治娜，古灵精怪的假小子，坚强而勇敢，喜欢冒险，脑瓜里有许多鬼点子

“五个小侦探”中的大哥哥，沉着冷静而又机智过人，凡事总是站在前面，有勇有谋，敢想敢做

时而调皮，时而深沉，集体观念强，心思细腻

一个可爱的乖乖女，善良又温柔，喜欢过家家，也会流眼泪

乔治的宠物狗，高大威猛，善恶分明，总能救大家于危难之际

目　录 | Contents

第一章　朱利安来信了 001

第二章　出发 012

第三章　穿越乡野 022

第四章　乔治的担心 032

第五章　安和狄克 042

第六章　夜半时分 054

第七章　早上 062

第八章　又在一起了 071

第九章　狄克让大家感到意外了 081

第十章　生气的警察和美味的午餐 093

第十一章　朱利安的点子 102

第十二章　两棵树的藏身处 111

第十三章　地窖里过夜 120

第十四章　野姑娘简妮在哪儿? 131

第十五章　玛吉，还有邋遢狄克 140

第十六章　野外乘筏 ////////////////////////// 150
第十七章　以牙还牙 ////////////////////////// 160
第十八章　令人振奋的时刻 //////////////// 172
第十九章　玛吉和邋遢狄克很恼火 //////// 181
第二十章　月色之中 ////////////////////////// 190
第二十一章　终于拿到袋子了！ /////////// 200
第二十二章　激动人心的结局 ///////////// 211

译名对照表 // 223

第一章　朱利安来信了

“安！”乔治跟在去教室的堂妹身后，边跑边喊，“安！我刚到信箱那边，有封你哥哥朱利安的来信。我把它给你带来了。”

安停下脚步。“噢，谢谢，”她说，“朱利安能有什么事呢？他前几天才给我写了信——这么快又来信，真是少见啊。肯定有什么重要的事。”

“嗯，打开看看，”乔治说，“快点。我得去上数学课了。”

安拆开信封，抽出一张信笺，飞快地读起来。她抬头看着乔治，眼睛发亮。

“乔治，朱利安和狄克在我们的期中假有几天空闲！有人获得了出色奖学金还是什么的，为了表示庆祝，男孩们放两天假，而且连着周末！他们邀我们一块儿去远足！”

“好主意！”乔治说，“好个朱利安，我敢说是他想到这一点的。安，我们继续读信吧。”

但她们还没来得及读，一位女老师就走了过来。“乔治娜，你该回教室了！还有你，安。”

乔治皱皱眉，她讨厌别人叫她的全名。她一声不吭地走了。安把信塞入口袋，赶紧兴高采烈地走了。跟哥哥朱利安和狄克，还有乔治和狗狗提米[①]，一起过期中假，还有比这更美妙的事吗？

上午放学后她和乔治又谈到了这事。“我们的假期是从星期五早上到星期二，”乔治说，“男孩们也一样。真走运！他们冬季学期一般是没有期中假的。”

“他们不能回家，因为家里正在刷油漆，”安说，“当然，这也是我住在你家的原因。但我肯定你妈不会介意我们和他俩一块儿去的，你爸则一直都不喜欢我们放期中假。”

“是啊，他是不喜欢，”乔治说，“他永远都在深思什么奇妙的主意，讨厌被人打扰。要是我们去远足，每个人都顺心遂意。”

“朱利安说今晚会给我们打电话，把事情都安排

① 提米和下文出现的提姆都是提摩西的昵称。——译者注

“安！我刚到信箱那边，有封你哥哥朱利安的来信。我把它给你带来了。”

好。”安说，“希望周末天气晴好。到时候还是十月份，还有机会晒到一点儿温暖的太阳。”

“树林会很漂亮，”乔治说，“提米不用说会多开心。我们去告诉它这个消息吧。”

两个女孩所在的寄宿学校是允许孩子们自带宠物来校的，院子里有为各类狗准备好的狗窝，学期期间，提米就住在那儿。两人去找它。

它马上听到了她俩的脚步声，开始激动地吠叫起来。它擦挠着狗院的大门，第一千次地希望自己能够找到打开大门的办法。

“傻狗狗，疯狗狗！”乔治说，深情地捶了捶它的背，“听着，提姆，周末我们要和朱利安还有狄克出门！你觉得怎样？我们要去远足，你会喜欢的。穿过树林，爬上小山，天知道是在什么地方！”

提米好像听懂了每一个单词。乔治说话时，它竖起耳朵，头歪向一边，专心地听着。

“汪汪。”最后它叫道，好像完全同意的样子，然后跟着她俩去散步了，毛茸茸的尾巴快乐地摇来摆去。它有多讨厌学期期间，就有多喜欢假期——不过只要能待在它爱的乔治身边，它就做好了忍受狗窝生活的一切准备。

那晚朱利安如约打来了电话。事无巨细，他都计划好了。安听着，十分激动。

“听起来超好，”她说，“好的，我们可以在你说的地方碰面，我们会尽量准时到达那里。不管怎样，要是你们还没到，我们可以等。好的——我们会带上你说的那些东西。噢，朱利安，这太有意思了！”

“他说了些什么？”安终于放下话筒的时候，乔治焦急地问，“你该让我和朱利安说两句的，我想跟他说说提米。”

“电话费很贵的，他不想浪费时间听你大谈特谈提米，”安说，“他问起它怎么样，我说挺好的，这就是他想知道的关于提姆的一切。他已经全计划好了，我来告诉你是怎么样的。”

她俩来到公用室的角落坐下。提米也在，某些时段它可以待在这里面，另外三条属于女孩们的狗也一样。每条狗都表现得很乖——它们知道要是不乖的话，马上就会被带回狗窝！

“朱利安说他和狄克可以吃完早餐就马上动身，”安说，“我们也可以，所以这没问题。他说我们得少带东西——只带些夜晚用品、牙刷、头梳、毛巾、可以卷起的雨衣，还有我们能够买得起的任何饼干或巧克

力。你还有没有钱？”

“还有一点，”乔治说，“不多，我想够买一些巧克力棒。不管怎么说，你还有你妈上星期寄来的饼干，我们可以带上一些。”

“是啊，还有我一位婶婶寄来的麦芽糖。”安说，“但朱利安说我们不要带太多东西，因为这是一次真正的远足，要是带的东西太重，我们会很累的。噢，他说要多带两双袜子。”

“好的。”乔治说，拍了拍正躺在身边的提米，“就要走远路喽，提米，你不喜欢吗？”

提米舒服地发出呼噜声。它想知道路上有没有兔子，要是出门远足没有兔子到处跑，那远足就不算真的激动人心。提米想，兔子可以生活在洞里，太可惜了，它们总是在它快要得手的时候消失不见，实在不公平！

安和乔治去找生活老师，告诉她她俩不去柯林雅舍了，而是要去远足。

“我哥哥说他已经给你写信了，”安说，“所以明天你就会尽知详情，皮特丝小姐。还有乔治的妈妈也会来信。我们可以去的，对吧？”

“噢，是的——你俩会度过一个可爱的期中假！”

皮特丝小姐说，“尤其是这样晴朗的天气能够持续的话。你们要去哪儿？”

“高沼地，”安说，“朱利安所能够发现的最偏僻、最荒无人烟的地方！我们可能会看到鹿、野马，甚至獾。我们要一直走啊，走啊。”

“可是你们要去的地方这么偏僻，你们在哪儿睡觉呢？”皮特丝小姐问。

“哦，朱利安正在安排，”乔治说，“他一直在地图上查找小旅馆和农舍，我们会在那些地方过夜。户外过夜太冷了。”

“肯定的！”皮特丝小姐说，“嗯，就是不要有麻烦，仅此一点。我知道你们五个在一起是什么样子的。我想提米也和你们一块儿去？”

“当然啦！”乔治说，“它不去我就不去！我哪能把它孤零零地撇在这里。”

临近星期五，两个女孩把东西都准备好了：饼干从罐头盒里拿了出来，放入纸袋；麦芽糖和巧克力棒也放进了袋子里。

两人都有双肩背包。她俩打好包，然后又重新打，反反复复好几次，每一次都多加一些东西：安觉得必须带一本书去读，乔治说她俩必须各带一支换上新电

池的手电筒。

“提米的饼干怎么样？”乔治说，“我得替它带些东西。它还会想要一根骨头——一根可以嚼了又嚼的大骨头，嚼后我可以重新放回袋子里，下次它可以继续嚼。”

“嗯，要是你把一根气味难闻的老骨头放进你的背包里，那就由我来背所有的饼干和巧克力棒。”安说，“我就不明白你为什么要给提米带东西——不管在哪里，我们吃东西的时候，它总是跟着有吃的。”

乔治决定不带骨头了。其实她已经从狗窝那儿取来一根绝对又大又重的骨头，而且气味绝对难闻，现在她又得把它放回去。提米跟着她，看起来相当迷惑。干吗拿着它的骨头到处走？它根本就没同意啊。

要等到星期五，时间好像很长，不过终于到来了。两位女孩大清早就醒了。乔治早餐前出门去狗窝给提米梳梳刷刷，好让它给朱利安和狄克留下整齐干净的印象。它知道这是他们出发的日子，和两个女孩一样，激动不已。

“我们最好早餐多吃点，”安说，“下一餐可能要等一段时间了。吃完早餐我们立刻开溜。不用担心学校、铃声还有时间表，真是太美妙啦——可我不到校

园之外，就不会真正感到自由！”

尽管由于太激动了，不想吃太多，但她俩早餐还是吃得很撑，然后她们拿起头晚就收拾好的背包，跟皮特丝小姐道别，去接提米。

它正不耐烦地等着呢，她俩走近时，它狂叫不止。转眼间它出了狗院，绕着她俩蹦蹦跳跳，差点绊倒她们。

“再见，安和乔治！”她俩的一位朋友喊道，“远足愉快——星期二回来，告诉我们你俩又遭遇了那种令人汗毛倒竖的冒险活动，就不好玩了，因为我们就是难以相信！”

“汪汪，”提米叫道，“汪汪，汪汪！”这意味着不管怎样，它将要和成百的兔子展开奇遇！

想想吧

1. 朱利安来信说了什么？
2. 为什么朱利安和狄克放假不能回家？
3. 他们要去哪儿远足？
4. 乔治帮提米带骨头去远足了吗？

第二章　出发

朱利安和狄克也上路了，对得到这样一个意料之外的加长周末，感到十分高兴。

“我向来不怎么喜欢威利斯和约翰逊，”他俩走出校园时，朱利安说，“可怕的书呆子——从来不玩游戏或者娱乐，但我今天要对他俩脱帽致意！由于刻苦用功，他们赢得了奖章和奖学金，还有老天才知道的什么东西——而我们得到了假期以示庆祝！好个威利斯和约翰逊！”

“说得对，”狄克说，“我敢打赌整个周末他们会待在角落里，捧着书——他们不会知道今天阳光灿烂，昨天大雨倾盆！可怜的笨蛋！”

“他们厌恶离家远足，”朱利安说，“对他们来说，这是十足的受罪。你记得约翰逊玩橄榄球有多糟糕吗？他从来都搞不清该往哪里去——总是朝相反的方

向跑！”

“记得。不过他肯定有了不起的大脑。”狄克说，“我们干吗要谈论威利斯和约翰逊呀？我可以想一大堆更有趣的事情，比如安和乔治，还有老朋友提姆，希望他们能顺利地及时动身。”

朱利安已经仔细查阅了隔在两个学校之间，他和女孩们要去的高沼地的大比例地图。那是一大片长满帚石楠[①]的寂寥的土地，散落着农场，还有些许小农舍和小旅馆。

“我们将绕开主路，还有二级和三级公路，”他说，“我们会走小通道和小路。我想知道要是碰到鹿的话，提米会说些什么。它会好奇它们究竟是什么东西！”

“它只对兔子感兴趣，”狄克说，“希望它不要像上个假期那么胖。我们给了它太多冰淇淋！”

“嗯，学期期间它就没这些东西了！”朱利安说，“女孩们得到的零花钱没有我们的多。快点，巴士来了！”

他俩朝沿着乡村小路隆隆驶来的乡村小巴士跑去，

① 一种低矮的常绿小灌木，有紫、红、白等花色，是欧洲沼泽地区的主要植物。——译者注

小巴士把人们带往市场，或者四散于高沼地的小村庄。它殷勤地为他俩停下来，他们跳了上去。

“哈！逃学？”售票员说，“要知道，我得举报你们！”

“太好笑了。”朱利安说，每次有背双肩包的男孩子上车，售票员都开这个玩笑，他已经觉得索然无味了。

他们得在下个村庄下车，穿过乡间，去往另外一条巴士线路。他们在那儿轻松地赶上了一辆巴士，舒服地坐在座位上。半个小时后他们就会到达计划中和女孩们会合的地方。

“年轻人，到了。”当巴士驶入一个村庄时，售票员喊道。这个村庄有一片宽宽的绿地，上面有鹅嘎嘎地叫，还有一个供鸭子戏水的小池塘。“你们想去皮平村，对吧？我们不再往前开了，就在这里掉头。”

“谢谢，”他俩道谢，下了车。“喂——女孩们到了没有？”朱利安说，“她们得从小火车站步行过来，差不多两英里呢。”

她们不在。朱利安和狄克去村里的小店喝点橙汁，还没喝完，便看到两个女孩在门口朝里面张望。

“朱利安！狄克！我们就猜到你们正在吃点或喝点什么！”安说着朝她的哥哥们冲过来，“我们尽快赶来

了。发动机坏了——真是一列有趣的小火车！所有的乘客都下车了，七嘴八舌地告诉司机该怎么做！”

“你好啊！”朱利安说，给了安一个拥抱。他非常喜爱他的妹妹。“你好，乔治！哇，你长胖了，是吧？”

“我没有，”乔治生气地说，“提米也没长胖，所以不要对它说它胖了。”

“朱利安和平常一样，开你的玩笑呢，”狄克友好地拍了一下乔治的背，说，“还是和原来一样的，你长大了一点儿，很快就要和我一样高了。你好啊，提米！好狗狗，漂亮的狗狗！舌头还是和往常一样湿？是的，是一样湿！我从来没碰到一条比你的舌头还要湿的狗！”

能和它全部的四位朋友在一块儿，提米快要乐疯了。它在他们身边又跳又叫，长尾巴直摇，忘形地把一堆罐头盒碰撞到地板上。

“喂，喂！”女店主从后面的一间小黑屋出现，喝道，“把狗带出去，它疯了！”

“你们不喝点姜汁啤酒[①]或者别的什么吗？”朱利

① 欧洲把清啤酒味的发酵饮料都称为啤酒。姜汁啤酒是一种饮料，不含酒精。——译者注

安问，紧紧抓住提米的颈圈，“最好喝点，因为我们不想背着重重的饮料瓶。”

“我们要动身去哪儿？”乔治问。接着又说：“好的，我想喝姜汁啤酒。提米，坐下，人家会以为你和朱利安还有狄克至少分别十年了！”

“对它来说或许真的好像十年呢，”安说，“我说——那是三明治吗？”

她指着柜台后面的壁架，那儿有一小堆三明治，看起来十分吊人胃口。

“是的，小姐，是三明治，”女店主打开两瓶姜汁啤酒，说，“是我给在布莱克布什农场干活的儿子做的。他很快就会回来取。”

“你能给我们也做一些吗？”朱利安问，“那样就省掉我们在午餐时间尽量赶到某个村庄的麻烦了。它们看起来诱人极了。”

“好啊，我能做你们想要的所有种类，”女店主一边说，一边将两个玻璃杯放在女孩们的面前，“想要什么，芝士、鸡蛋、火腿还是猪肉？”

“嗯，我们想每种都来一点，”朱利安说，“面包看起来也十分可口。”

“我自己做的，”女店主高兴地说，“好的，我去

给你们做一些。我不在的时候，如果有人进店，叫我一声。”

她消失不见了。“那样就好了，”朱利安说，“要是她做很多的话，我们就可以一整天避开村庄，尽情探险——走从未有人涉足的地方，做诸如此类的事情！”

“你们每人能吃多少？”女店主突然重现，问道，“我儿子吃六块，也就是十二片面包。”

“嗯，你能不能给我们每人做八块三明治？”朱利安问。那女人看起来很吃惊。“那是我们一整天的口粮。”他解释道。她点点头，又不见了。

“这对她来说是笔挺不错的数目，”安说，“每人八块三明治，十六片面包——四个人！”

“嗯，希望她有个面包切割机！”狄克说，“否则我们就得永远待在这儿了！你好，你是谁呀？”

一个高个男子出现在店门口，手里扶着自行车。“妈！”他喊道。

孩子们马上猜出了他是谁——在布莱克布什农场上班的儿子。他来取三明治了！

“你母亲正在忙着切割六十四片面包呢，”狄克说，“要不要我帮你叫她过来？”

“不用了，我得赶紧走了。”男子说，把自行车靠门放好，走进来，伸手到柜台上方拿三明治，接着走回自行车处。

“跟我妈说我来过了，”他说，“还有告诉她我今天要晚些回家——得拿点东西去监狱。”

他马上离开了，骑着车在路上渐行渐远。老妇人突然走了出来，一手拿着刀子，一手拿着长条面包。

“是吉姆的声音吗？”她说，“哦，是的，他拿走了三明治。你们该告诉我他来了的！”

“他说他得马上走，”朱利安解释道，“他要我们跟你说，他今天要晚回家，因为他要拿些东西去监狱。”

“我另外一个儿子在那儿。”妇人说。四个人都盯着她看。她的意思是他是个犯人？什么监狱？

她猜到了他们的想法，笑了起来。“哦，我的汤姆不是犯人！”她说，“他是看守，一个好人。不过那可不是好工作，我常常担心那些监狱里的人——一群恶人，一群坏人！”

“是啊，我已经听说了这片高沼地有座大监狱，”朱利安说，“我们的地图上也标示出来了。当然，我们不会靠近它的。”

“是啊，千万别带女孩子靠近那儿，”妇人说，又

消失不见了，“要是我不接着做三明治的话，那你们明天早上都拿不到手。”

孩子们等待的时候，只有一位客人进来过——一位抽着陶土烟管，模样庄严的老年男子。他环顾商店，没看到女店主，便拿了一包果味牛奶冻粉，塞入口袋，把钱放在柜台上。

“她来了跟她说一声。”他嘴里仍含着烟管，咕哝着，拖着脚走了出去。提米低吼起来。老男人散发出很久没洗澡的气味，提米不喜欢他。

终于，三明治做好了，老妇人又出现了。她已经将它们整齐地包在四个防油纸袋里，每个纸袋上用铅笔写好里面装的是什么。朱利安看到她写的东西，对其他人眨眨眼睛。

“啊呀，我们要聚会狂欢了！”他说，“芝士、猪肉、火腿、鸡蛋，这是什么呀？”

“哦，那是四小片自制水果蛋糕，”老妇人说，“这个我不收钱，只是让你们尝尝味道。”

“看起来像半份蛋糕那么大！”朱利安感动地说，“但我们该付钱的，还要好好地谢谢你。全部这些多少钱？”

她说了一个数字。朱利安放下钱，外加五便士付

了蛋糕的钱。“给你，太感谢了，”他说，“还有那钱是一个抽陶土烟管的老人留下的，他拿了一包果味牛奶冻粉。”

“那该是老古普斯，”妇人说，“嗯，希望你们旅途愉快。如果你们还想要更多的三明治，欢迎回来！要是今天你们把这些三明治都吃光了，那你们干得不错！”

“汪汪。”提米叫道，希望它也能分享到一些。妇人给它一根骨头，它用嘴叼了起来。

“谢谢！”朱利安说，“来吧，我们现在正式出发！”

想想吧

1. 为什么售票员说要举报朱利安和狄克逃学？

2. 女店主的两个儿子分别是做什么工作的？

3. 朱利安他们让女店主总共做了多少块三明治？

第三章　穿越乡野

他们终于启程了，提米跑在前面。学校已经被远远地抛在脑后。十月的太阳温暖地照耀着，乡村的树木披着秋天的彩装，散发出黄色、红色和金色的光彩。几片树叶随风飘零，不过要等到寒霜来临，很多叶子才会旋转着纷纷掉落。

“美如仙境的一天，”乔治说，“真希望没穿这件夹克外衣，我已经热死了。”

“嗯，那就脱下来搭在肩上，”朱利安说，“我也打算这么做。我们的套头衫对今天来说足够暖和了！”

他们脱下厚夹克，带在身上。每个人都背着上面缚着紧紧卷好的雨衣的背包，现在又加上了夹克，但在一天之始，没人注意到身负的重量。

“很高兴你们女孩接受了我的建议，穿上了最厚实的鞋子，”朱利安赞许地看着她们的粗革皮鞋，说，

“我们行走的一些路段会比较湿。你们有换洗的袜子吧？”

“有的。我们带了你让我们带上的所有东西，”安说，“朱，你的背包看起来比我们的更满一些！”

“嗯，我有地图和其他东西在里面，”朱利安说，“这是个奇怪的地方，高沼地——一英里又一英里，连绵不断！很多地名也很怪，瞎眼谷，兔子山，失落湖，科尼林！”

“兔子山！提米会喜欢的，”乔治说，而提米竖起了耳朵。兔子？啊，正是它喜欢的那类地方！

“哦，实际上，我们现在正朝兔子山前进，”朱利安说，“那之后，就是科尼林了。当地土话里，科尼是兔子的意思，提米该感到其乐无穷了！”

“汪汪，”提米高兴地叫着，蹦跳到前面。它感觉太幸福了，有四位朋友做伴，他们的背包里装满了美味的三明治。前面还有长长的一段路，它希望路上到处是兔子！

在阳光下不停地行走，真是太愉快了。很快，他们便将小村庄甩在身后，走上一条蜿蜒小路。路两边的树篱如此之高，以至四个人都无法越过树顶张望。

“这么凹陷的小路！”狄克说，“感觉好像走在

一条隧道里！而且这么狭窄！我可不想在这条路上开车，要是对面来了一辆车，我可能得倒退好几英里！”

“我们不太可能碰到别人，”朱利安说，“只有在夏季，才有车在这些小路上跑——是些来乡下漫游的度假者。看，我们现在要走那条小路了，地图上标示，它通往兔子山！”

他们攀过一个置于高篱之中的梯磴[①]，穿过一块地，朝一座显得非同寻常的小山走去。提米突然激动得发狂了。它闻到了兔子味，它还能看到它们呢！

“白天一般看不到这么多兔子出来，”乔治惊讶地说，“有大的也有小的，真是四处乱窜。”

他们来到小山，悄悄地坐下来观看兔子，但让提米也这样做，就不可能了。看到这么多的兔子，它野性大发。它从乔治的手中挣脱开来，疯狂地奔上小山，吓得成打的兔子四处逃散。

“提米！”乔治喊道。但就这一次提米根本不听，它冲向这里，又冲向那里，当一只又一只的兔子灵活地遁入洞中时，它变得十分愤怒。

① 一种特意设计的梯子，人能攀爬过去，而动物不能。一般在乡下，沿小路、栅栏、墙壁或树篱而建。——译者注

“叫它没用的，”狄克说，“不管怎样，它是一只也抓不到的——瞧它们多敏捷。我相信它们正和我们的提米玩游戏呢！”

看起来真像这么回事。提米刚把两三只兔子追下洞，另外几只又从它身后的洞里突然冒出来。孩子们都笑了起来，这和看童话剧一样精彩。

“你打算在哪儿吃午餐？”安问，“要是我们还在这儿待下去，我真的要吃东西了——可时间还早着呢。希望我在户外不要总是感觉这么饿。”

“哦，那就继续走吧，”朱利安说，“到达我们的午餐地，还有一段路呢。我已经为我们的旅程制订了一份周密的时间表——我们将游遍这片高沼地，结束于我们启程的地方！我全部都仔细地标好了。”

“晚上我们睡在农舍还是什么地方？”乔治问，“我喜欢那样。你认为他们会收留我们吗？或者我们住小旅馆？”

“两个晚上住农舍，其他晚上住小旅馆，”朱利安说，“我全标好了。”

他们登上兔子山，从另外一面下山，那里同样兔子成群。提米追逐它们，直到喘得像爬山的火车头！它舌头吊在外面，滴着口水。

“你玩够了，提姆，”乔治说，“现在得理智点了。”

但周围有这么多兔子，提米没办法做到理智，于是他们继续下山，任由它以最高速度追逐、猛冲、飞奔。当他们到达山脚时，提米从后面冲了过来。

“现在你或许会停止像个疯子那样四处狂奔，好好和我们一起走路了。”乔治训斥道。但她的话出口得太快了，因为很快他们就置身于一片小树林中，朱利安告诉他们，这就是科尼林。

“正如我之前告诉你们的，科尼是兔子的意思，所以你还不能指望提米停止发疯呢。”朱利安说。

在科尼林里，他们差点把提米搞丢了。一只兔子遁入一个很大的洞里，提米可以进入一点儿，然后它就被卡住了。它四脚激烈地乱扒，但没用，它被卡得死死的。

其他人很快发现它不见了，于是边喊边往回走。很偶然地，他们经过它正被卡住的那个洞，听到了喘息和刮擦的声音。沙子从洞里像阵雨一样飞出来。

“它在这儿！白痴，它被洞卡住了，”乔治惊慌地大叫，“提米！提米！出来！”

只要能出来，提米别无他求，可它出不来，不管它多么使劲。一根树根顶着它的背，它无法避开那讨

厌的树根抽身出来。

四个孩子花了二十分钟才把提米弄出来。安不得不俯下身子，蠕动着探身进去抓住它。她是唯一一个身材娇小得可以入洞的人。

她抓住提米的后腿，用力拉。不知怎的，树根划擦过它的背，它大声哀号着往回缩。

“噢，安，你伤着它了，你伤着它了！”乔治喊起来，“放开它！”

“不行！”安大叫道，“要是我放开它的腿，它只会陷得更深。能不能把我拉出来？这样的话，提米也会出来的——它别无选择，因为我抓着它的腿呢！”

可怜的安被抓着双腿拉了出来，可怜的提米也被抓着双腿拉了出来，它哀叫着走到乔治身边。

“它某个部位受伤了，”乔治焦灼地说，“我知道它受伤了。要是它没受伤的话，不会这样哀叫的。”

她舞动手指在它身上摸索，压压这里，压压那里，检查每条腿，每个爪子。她盯着它的头看。它仍在哀叫。它伤着哪里了呢？

“别管它，”最后朱利安说，“我看不出它伤着哪儿了——除了它的感情！它可能不喜欢安抓住它的后肢将它拖拽出洞。太丢人了！”

乔治不满意这个解释。尽管找不出哪儿出了问题，她还是一厢情愿地认为提米伤着某个部位了。它该去看兽医吗?

“别犯傻了，乔治，”朱利安说，“兽医不会长在这样的荒野的树上！我们继续前进吧。你会看到提米非常正常地跟着走的，它很快就会忘了哀号。我跟你说，它伤着它作为狗的感情了，就是这样。它的虚荣心受伤了！”

他们离开科尼林，继续前行，乔治相当沉默。提米在她身边疾步如飞，也相当沉默。仍旧看不出它真有什么问题，除了时不时地突然小声哀号一番。

“喏，这就是我挑选的吃午餐的地方，”朱利安终于说道，“峭壁山！恰如其名，它陡直而下，而我们可以欣赏到绝妙的风景。”

确实如此。他们来到一座陡峭小山的顶部，不承想它的另外一面已经掉落了。他们可以坐在山顶，看阳光照耀在长满了帚石楠的绵延不断的寂寥荒野上。他们可能还能看到远处害羞的鹿，或者小野马呢。

“真是人间仙境，”安说，在一大簇帚石楠上坐下，“而且天气和夏天一样温暖！衷心希望整个周末都这样。我们都会被烤成棕色的！”

“吃点三明治，也是享受仙人之乐，”狄克说，同样选了一丛帚石楠，“给我们提供了多么舒适的座位！我有个好主意，拿一团帚石楠回学校，放在和课桌配套的硬邦邦的椅子上！”

朱利安把四包三明治放在帚石楠上，安打开包装。它们看起来棒极了！

“超级美妙！”安说，“你最想要哪个？”

“唔，就我自己来说，我想每样来一个，一个叠在另一个上面，芝士、火腿、猪肉和鸡蛋，同时来上一大口。”狄克说。安大笑。

“哪怕是你的嘴，这样吃也不够大。”她说。不过不知怎么搞的，虽然有困难，但狄克还是设法办到了。

“吃相难看，”当他努力咬下第一口时，说，“我认为总体来说，一次吃一个比较合算。呃，提米，来一点儿？”

提米接受了。它非常安静，乔治仍在替它担忧。它的胃口好像还是非常好，因此除了乔治，没人再想它是否伤着了自己。它伏在乔治身边，偶尔将一只大爪子放到她的膝盖上，意思是想再来一点儿三明治。

“提米确实干得不赖，”狄克满嘴东西地说，“它从

我们大家这里都得到了一点儿，我敢打赌它吃得比我们谁都多。我说，有人曾吃过这么棒的三明治吗？你们吃了猪肉的没有？它肯定是从一只超级棒的猪身上来的！”

坐在阳光里，展望辽阔的乡野，狼吞虎咽，他们都感觉十分快乐，除了乔治。提米有事吗？要是如此，整个周末就会被毁掉！

想想吧

1. 为什么朱利安的背包比其他人的更满一些？
2. 提米是怎么被卡在兔子洞里的？
3. 是谁入洞抓住提米的后腿，将它从兔子洞里拉出来的？
4. 朱利安他们是在哪里吃的午餐？

第四章　乔治的担心

吃完饭，他们在阳光中犯了一阵子懒。每个人剩下三块三明治，还有半块水果蛋糕。虽然很想吞下一整块，但没有人能够强塞下去了。

提米好像认为它能够消灭剩下的全部蛋糕，但朱利安说不行。“这蛋糕太可口了，给提米吃真是浪费，”他说，“提姆，你吃得够多了，贪心的狗狗！”

“汪汪。”提米摇着尾巴，留心地盯着蛋糕叫。看到蛋糕被包起来，它叹了口气。它只尝到乔治的半块蛋糕的一小部分——多么美妙的蛋糕啊！

“我要把这些东西装入四个袋子，每个袋子三块三明治和半块蛋糕，”朱利安说，“什么时候谁想吃自己那份，都可以吃。希望在我为今晚选定的农舍那里，能够享用到一顿美妙的晚餐。所以在那之前，你们可以想吃就吃。”

“我感觉在明天早上之前，再也吃不下任何东西了，”安说，把她的食品袋放进背包，“但奇怪的是，哪怕你感觉好长时间不用吃东西了，还是会不断地感到饿。”

“嗯，提米可以马上扫光你不想吃的任何东西，”朱利安说，“提姆在旁，绝无浪费。嗨，准备好了吗？我们很快就要经过一个小村庄，在那里停下来喝点东西，我想来瓶姜汁啤酒。然后我们继续前往农舍。我们该尽量在五点左右到达，因为天黑得太快了。”

“那农舍叫什么名字？”安问。

“蓝池庄，”朱利安说，“名字很好听，对吧？希望蓝色的池塘还在。”

“假如他们没有安顿我们的地方呢？”安问。

“噢，他们总是能够找个地方安顿下一两个女孩子的，”朱利安说，“必要的话，狄克和我可以睡在谷仓里。我们没什么讲究！”

“我也想睡谷仓，”安说，“很想。我们就不要求一间卧室了，都睡在谷仓里吧，睡在麦秆或干草或其他什么东西上面。”

“不行，”朱利安说，“你们女孩子必须待在房子里。晚上很冷，我们没有带围毯。我们男孩子有雨衣

裹身就行啦。我不会让你们女孩也这么做的。”

“做女孩子真讨厌！”乔治大概是第一百万次这样说道，“男孩们随心所欲地做他们想做的事情时，我们总得小心翼翼！不管怎样，我就要在谷仓里睡。朱，我才不管你说些什么呢！”

“噢，是的，你可以不管，”朱利安说，“你很清楚要是违背头领命令的话——头领是我，我的小女孩，省得你不知道——你就再也不能和我们一起出来了。你可能看起来像个小子，举止像个小子，但你仍然是个女孩。喜欢或不喜欢，女孩子就是需要照顾。”

“我以为男孩讨厌不得不照顾女孩呢，”乔治不高兴地说，“尤其是像我这种不喜欢被人照顾的女孩。”

“唔，正派的男孩喜欢照顾他们的堂姐妹或自己的姐妹，”朱利安说，“够奇怪的，正派的女孩也喜欢被人照顾。但我不把你算作一个正派或者不正派的女孩子，乔治，我纯粹把你算作一个需要留心照管的男孩子——需要我来留心照管，明白吗？所以把你脸上那副表情抹去，不要让自己比现在还更让人感觉难以对付了。”

乔治忍不住笑了起来，愠怒的表情一扫而光。她捶了朱利安一下：“好吧，你赢了。现在你确实够盛气

凌人的，我感觉很怕你！”

“你谁也不怕，”狄克说，“你是我认识的最勇敢的女孩！啊哈！老朋友乔治的脸红得像个女孩！让我来暖暖手，乔治！”

狄克把手伸到乔治通红的面孔前，假装用她的绯红暖手。她不知该高兴还是生气，一把将他的手推开，站了起来，凌乱的短发和布满雀斑的脸蛋，使她比以往看起来更像一个男孩子了！

其他人也站起来舒展身体，然后把系着雨衣的背包又背上身，将夹克甩到肩上，开始往峭壁山下走。

提米跟着，但不像平时那样到处蹦跶。它走得慢吞吞的，而且小心翼翼。乔治四下望望，寻找它的身影，眉头皱了起来。

“提米怎么啦？”她说，“看看它！又不蹦又不跑的！”

他们都停下脚步望着它。它朝他们走来，他们看到它的左后腿有点瘸。乔治在它身边蹲下，仔细地摸了摸那条腿。

“我想它肯定扭着腿了。它在兔子洞时，扭伤了关节或者什么的。”她说。她小心地轻拍它的背，它疼得龇牙咧嘴。

“提姆，怎么啦？”乔治说。她分开它背部的毛，检查下面的白皮肤，想知道她轻拍它时，它为何龇牙咧嘴。

“它这儿有块很严重的瘀伤。”最后她说，其他人都弯过身来看，“它在洞里时肯定有什么东西伤到它的背了，而安抓住它的后腿把它拉出洞时，肯定伤了它的一条腿。安，我告诉过你不要抓它的腿的。”

“哦，要是我不抓的话，怎么把它弄出来？”安反问道，感觉很气愤，但又十分内疚，“你想让它卡在那儿好几天吗？”

“我认为没什么大不了的伤，”朱利安说，用手摸着它的后腿，“乔治，我真的认为它只是稍微扭着了。我肯定，今晚过后，它就没事了。”

“但我必须确定，”乔治说，“朱，你说我们很快就要去到一个村庄？”

“是的，烽火村，”朱利安说，“要是你想的话，我们可以问问这一带哪里有兽医，他会检查提米的腿，告诉你有没有出大问题，不过我认为没有。”

“那我们继续朝那个村庄前进吧。”乔治说，“噢，亲爱的，我唯独一次巴望提米还是条小狗，就是当它受伤的时候，因为要扛着它，实在是太重了。”

“哦，先别想着扛它，”狄克说，“哪怕它不能用四条腿走路，也能用三条腿走！它的情况没那么糟，是吧，提米？”

“汪汪。”提米凄惨地叫着。它相当享受这一堆大惊小怪。乔治拍拍它的头。“来吧，”她说，“我们很快就会把那条腿摆正。来吧，提姆。”

大家都继续前进，同时不断环顾周围，看提米怎么样了。它慢慢地跟着，然后开始瘸得更厉害了，最后它将左后腿抬离地面，只用三条腿跑。

“可怜的孩子，”乔治说，“可怜的提米！我衷心希望明天它的腿会没事。要是它不能继续旅行，我也不能。”

一群人相当沮丧地到达了烽火村。朱利安去往位于村子中心的叫作“三个牧羊人”的旅馆。

一个女人正从窗口往外抖抹布，朱利安上前问她。

“嗨！这一带哪里有兽医？我想找人看看我们的狗的腿。”

“没有。这里没有兽医，”女人回答，“马林斯是最近的一个，离这儿有六英里远。”

乔治的心沉了下去。提米绝不可能再走六英里的路了。

“有公交车吗？”她喊道。

“没有。没有去马林斯的，”女人说，“没有公交车去往那儿，小姐，但要是你想找人看你的狗的腿，你可以去上面那边的斯皮奇大院。加斯顿先生和他的马儿们住在那里，他也懂得狗的事情。你把狗带去那儿，他知道该怎么办的。”

“噢，谢谢你，”乔治感激地说，“很远吗？”

“大概半英里，”女人说，“看到那座山了吗？你上山，到转弯处右拐，能看到一座大房子，那就是斯皮奇大院了。你不会搞错的，因为围绕着房子，建有马厩。就说找加斯顿先生，他人很好，确实好。不过要是他和他的马儿们出去了，或许你就得等一会儿了——他有可能天快黑了才回来。”

四人的头凑在一块儿。“我认为，我们最好去这位加斯顿先生家，”朱利安说，“但我认为，狄克，你和安应该继续前往我计划今晚停留的农舍，替我们安排好。我们不想直到最后一刻才做安排。当然，我会和乔治还有提米一起去的。”

“好的，”狄克说，“那我现在就带安去了。很快天就要黑了。朱利安，带上手电筒了吗？”

“带了，”朱利安说，“你知道，我对找路很拿手，

我们去完加斯顿先生的家之后，会很快回到这个村庄，然后直接去往农舍。它离这儿大概有一英里半的路程。”

“朱利安，太感谢你能和我一块儿去了，”乔治说，“现在就去，好吗？哦，狄克和安，再见！”

朱利安和乔治还有提米动身往山上走，去往斯皮奇大院。提米用三条腿走路，好像依然十分自怜的样子。安和狄克注视着它，也替它感到难过。

“希望它明天一切正常，”狄克说，“要是不好起来的话，我们的周末就泡汤了，这是毫无疑问的！”

他们转身穿过烽火村。“现在朝蓝池庄前进，”狄克说，“朱利安没给我非常清晰的方位，我想找人问问它的确切位置。”

但除了一位驾着小马车的男人，他们一个人都没遇到。狄克招手致意，他喝住马，停了下来。

“这是去往蓝池庄的路吗？”狄克高声问道。

“呃。”男人点头回答。

“是直着往下走，还是要走小路或者小通道？”狄克问。

“呃。”男人又点着头说。

“他什么意思啊——‘呃’？”狄克说，再次抬高

声音。

“是这条路吗？”他指着路问。

“呃。”男人又说。他扬起鞭子，指向两人正准备前往的马路，接着横往西边。

“喔，我明白了——我们到那边向右转？”狄克问。

“呃。”男人说，点点头，突然策马前行，马儿差点踩到了狄克的脚。

“嗯，要是在这么多‘呃’之后，我们还能找到那家农舍，算我们聪明。”狄克说，“走吧！”

想想吧

1. 朱利安计划停留过夜的农舍叫什么名字?

2. 提米受伤了吗? 伤到了哪里?

3. 他们准备找谁给提米检查和疗伤?

4. 四人和提米是一块儿去往农舍的吗?

第五章　安和狄克

突然间天就黑了，太阳已经消失，一大块黑云飘过天空。“要下雨了，”狄克说，“天哪！我还以为会是个可爱的夜晚呢。”

“我们最好快点，”安说，“我讨厌在倾盆大雨中的树篱下躲雨，雨滴进脖子里，脚边全是水坑！”

他们紧着赶路，踏上出村的马路，接着来到一个位于右手边的岔路口，这肯定就是那男人指的那个转弯了。他们停下来向前张望，它就像他们早上走过的一个凹陷通道，在暮色中看起来相当阴暗，现在很像隧道了。

“希望这条路是正确的，”狄克说，“我们一遇到人就问。”

“要是我们真能遇到人的话！”安说，预感在这奇怪的幽深通道上，是不会遇到人的。他们朝前走

去，小路绕来绕去的，向下延伸，进入一小段非常泥泞的部分。安发觉自己在厚泥里扑哧扑哧地走，泥水四溅。

“一条溪流或者什么的肯定流过这里，”她说，“啊呸！水进到我鞋子里了！狄克，我肯定我们不该走这条路的。我敢说前面的水相当深，现在水高到我的脚踝了。”

狄克在越来越深的暮色中望望四周，认出了在他上面，路两边陡坡上生长的高篱中的某个东西。

“看——那是梯磴吗？”他说，“我的电筒在哪儿？当然是在我背包的最下面了！安，你能把它拿出来吗，省得我脱下背包？”

安找到电筒，把它交给狄克。他打开电筒，围绕他俩的阴影立刻变得更暗了，而小路似乎比之前更像隧道了。狄克将电筒朝上面他认为是梯磴的东西照去。

“是的，是梯磴，”他说，“希望这会通到农舍——或许是条捷径。我毫不怀疑这条小路是给农场马车用的，可能会绕到农场。但如果这是一条捷径的话，我们也可以走。不管怎样，它必须通达某个地方！”

他们爬上斜坡来到梯磴处，狄克帮助安攀爬过去。

他俩发现自己置身于一片野地上，面前是一条穿行在某种农作物之间的狭窄小路。

“是的，这显然是条捷径，”狄克高兴地说，“希望很快就会看到农舍的灯光。”

“或者先掉进蓝池里。”安哭丧着脸说。雨刚刚开始下起来，她在想是否值得从背包上把雨衣解开，穿在身上。或许农舍真的就在附近？朱利安说过它不是很远的。

他们穿过田野，来到另外一个梯磴处。现在雨落得很急了，安决定穿上雨衣。她站在一丛密实的灌木下，狄克帮她穿上。她口袋里还有顶小防水帽，她把它也戴上了。狄克穿上自己的雨衣，两人又出发了。

第二个梯磴通向另外一片无尽的田野，接着小路最终通达一扇宽大的田庄栅门[1]。他俩爬过去，发现自己处身于看起来像是长满帚石楠的沼泽地上——一片原始而无人耕耘的土地！看不到什么农舍。不过，说实在的，除非是近在身旁，否则他们是看不清任何东西的，因为夜色已经降临，天很黑而且还下着雨。

“但愿我们能看到某个地方亮着灯，灯光从窗户照

① 一种低矮宽大的栅门，设于通往田野或者农庄的入口处。——译者注

狄克将电筒朝上面他认为是梯磴的东西照去

射出来。”狄克说，他用电筒向前面的荒野照去，“我不太清楚该怎么办，这儿好像没路了。而我一想到要原路折回，穿过那些湿漉漉的田野，然后踏上那条黑黝黝的小路，就感到十分厌烦。”

“噢，不，不要，”安说，打了个寒战，“我真的不喜欢那条路。在某个地方肯定有路的！一扇大门面向荒野敞开，这太不可思议了！”

就在那时，他们站在那儿，雨水落在身上，听不到太多其他声音的时候，一个响声落入他们耳中。

它是如此突如其来，如此令人惊恐，把两人吓了一大跳，他们不由自主地抓紧了对方。在乡下荒无人烟的地方听到这种声音，绝对非常奇怪。

钟声！粗野狂暴、当当作响的钟声不间断地响起，一声又一声，穿越黑暗的乡野，刺耳地在空中回荡。安紧紧地抓着狄克。

“是什么？那些钟在哪儿？它们干吗响起？”安低声问道。

狄克毫无头绪。听到这异常的响声，他和安一样吓了一跳。它听上去离这儿有些距离，但有时风吹得很猛，将刺耳的钟声传送到他们身边，好像就近在身旁。

“我希望它们停下来。噢，我希望它们停下来！”安说，她的心跳得很快，“我不喜欢它们。它们吓着我了。它们不是教堂的钟声。”

“对。绝对不是教堂的钟声，”狄克说，“它们是某种警告。我肯定。但警告什么呢？火？附近哪个地方着火的话，我们会看得到。战争？不，钟声和烽火是很久以前用来警告人们有战事来临的，不是现在。”

“那个村庄叫烽火村，”安突然想起来，“它有此名称是不是因为很久以前附近有座山，人们可以在那里点燃烽火，给其他小镇通风报信，告知敌人就要来了？他们是不是也敲钟？狄克，我们听到的是不是很久以前的钟声？它们听起来和我以往听到的不一样。”

“天啊！它们绝不是很久以前的钟声！”狄克轻快地说，尽管他实际上和安一样迷惑又惊慌，“这些钟声正在响起，就在此时此刻！”

突然，钟声停止了，狂暴的声响被巨大的静默所替代。两个孩子站在那里，用心倾听了一两分钟，然后解脱似的舒了口气。

“终于停了，”安说，“我讨厌它们！为何它们要在这个漆黑的夜晚鸣响？噢，狄克，我们尽快找到蓝池庄吧。我不喜欢像这样迷失在黑暗中，还有钟声平白

无故地乱响！”

“来吧，”狄克说，“靠近树篱。只要我们顺着树篱走，就肯定能到达某个地方。我们不会瞎走到荒野上去。”

他抓住安的胳膊，两人一直靠近树篱走，最后他们来到另外一条小路，便顺着它走。就这样他们来到一条通道，但这次不是凹陷的通道。然后，噢，真是赏心悦目啊，不远处，他们看到了闪亮的灯光！

“那肯定是蓝池庄！”狄克激动地说，“安，快点，现在不远了！”

他们走到一面矮石墙前，沿着它一直走到一扇坏掉的大门前。门打开时嘎吱响了一声，安跨过去——正好踩到一个大水坑！

“天啊！”她说，“我现在比原先还要湿了！有那么一瞬间我还以为自己踏入了蓝水池！”

但它只是个水坑而已。他俩绕过它，沿着一条泥泞小径，来到一扇开在一面白色石头墙里的小门前。狄克猜想它肯定是后门。旁边有一扇窗户，里面亮着他俩曾十分感激地看到的灯光。

一位老太太坐在灯旁，头勾着，在做针线活。两个孩子站在门边，可以清楚地看到她。

狄克寻找门铃或者门环，但都找不着。他敲门，没人应答，门依旧紧闭。他们望着灯旁的老太太，看到她还在缝东西。

“或许她是个聋子。”狄克说着又敲门，声音大了许多。老太太依然安静地做着手工。她肯定是个聋子！

“这样的话我们永远进不去！”狄克不耐烦地说。他试了试门把手——门马上开了！

“我们只好走进去自报家门了。”狄克说，他踏上门内破旧的垫子，置身于一条狭小的过道里，过道尽头，是一节又陡又窄的石头楼梯。

他的右边是一扇门，微微张开，门后是老太太正坐在里面的房间。两个孩子可以看到一缕光线从门隙射出来。

狄克推开门，大胆地走了进去，安跟在后面。老太太仍然没有抬头看，手中的针穿梭于缝制的衣物间，好像无论怎样都听不到也看不到其他的东西。

在她察觉他在房间之前，狄克径直走向她，然后她吓得跳了起来。她太慌张了，椅子砰的一声翻倒在地。

“对不起，”狄克说，为吓着了老太太而不安，“我们敲门了，但你没听见！”

她瞪着他们，手放在心口上。“你们着实吓到我了，”她说，“这么黑的夜晚，你们打哪儿来？”

狄克扶起她的椅子，她坐下来，有点气喘。

“我们一直在找这个地方，”狄克说，“蓝池庄，对吧？不知我们晚上能不能待在这儿——还有另外两个人。”

老太太指着她的耳朵，摇摇头。“听不到，”她说，“亲爱的，跟我说不济事。我想，你们迷路了？”

狄克点点头。

“哦，你们不能待在这儿，”老太太说，“我儿子根本不愿有人在这里。他来之前你们最好走掉。他脾气很坏，脾气很坏。”

狄克摇头，然后指向外面黑暗的雨夜，接着指向安湿漉漉的鞋子和衣服。老太太明白他的意思了。

“你们迷路了，又湿又累，你不希望我请你们出去，”她说，“可是我儿子，你知道，他不喜欢有陌生人在家里。”

狄克指向安，接着指向墙角的沙发，然后指着自己，又指向外面。老太太再次马上明白了。

“你想让我给你妹妹提供住宿，但你会待在外面过夜？”她说。狄克点点头。他想他很容易给自己找个

棚子或者谷仓，但安必须待在房内。

“我儿子绝不能看到你们中的任何一个。”老太太说，把安拉到一个安以为是壁橱的地方。但当门打开时，她看到的是一节非常窄小陡斜的木楼梯，向上通到屋顶。

“你上那儿去，”老太太对安说，“千万别下来，早上我叫你你才下来。要是我儿子知道你在这里，我会有麻烦的。”

“安，上去吧，”狄克十分不安地说，“不知道你会看到什么。如果太糟糕的话，你就下来。看看有没有窗户或者别的什么，你可以从那儿喊话，那样我就知道你是不是还好。”

“好的。”安声音发颤地说，爬上陡斜肮脏的楼梯。楼梯直接通到一间小阁楼，那儿有一张挺干净的床垫，还有一把椅子。一块围毯折好放在椅子上，架子上有一个水壶。除了这些，就一无所有了。

阁楼一边有扇支开的小窗户，安走过去喊道：“狄克！你在吗？狄克！”

“是的，我在呢。”狄克说，“安，那里怎么样？还行吗？听着，我要去附近找个地方安身了，要是你需要我，随时可以呼唤！”

想想吧

1. 安和狄克在雨夜的乡下听到了什么响声？

2. 安和狄克在门边看到农舍里的老太太在做什么？

3. 老太太为什么不让安和狄克待在房子里？

4. 最后老太太让安和狄克待在房子里了吗？

第六章　夜半时分

“还不错，”安说，“有张挺干净的床垫和一块围毯。我没事的。狄克，可其他人怎么办？你能留意他们的到来吗？我认为乔治不得不和你还有朱利安一起睡谷仓了。我肯定这位老太太不会让其他人进屋来了！”

“我会留意他们并做些安排的，”狄克说，“你把剩下的三明治和蛋糕吃了，看能不能把你的湿脚弄干，让自己舒舒服服的。这儿有个棚子还是什么的，我会平安无事的。需要我的话就喊啊。”

安退回房间里，她感觉又湿又累，又饿又渴。她把食物都吃了，喝了些水壶里的水，然后感觉很想睡，便躺在床垫上，把围毯盖在身上。她本想倾听其他人到来的声音的，但太困了，很快便睡了过去！

狄克在下面轻手轻脚地走动。他小心翼翼的，因

为他不想撞到老太太的儿子，不知怎的，他不喜欢听说到的他！他来到一个小谷仓，有个角落堆着麦秆，他小心地用手电筒四处照照。

“这地方适合我，”他想，“在麦秆里待着可以相当舒服。可怜的安！真希望老朋友乔治和她在一块儿。我最好等着，留心那另外两个，否则我一倒在麦秆上，就会睡着而错过他俩！而且现在才六点钟左右——但我们度过了漫长的一天。不知提米怎么样了，真希望它在这里！”

狄克想着乔治和朱利安可能会从他和安来时的那扇门进来。在门口附近他发现一间败落的棚子，便在那儿的一个箱子上坐下来，等着他俩的到来。

他边等边吃三明治。它们真是太令人舒心了！他先把三明治一个个吃完，接着吃蛋糕。他打起了哈欠，感觉真的太想睡觉了，而且他的双脚又湿又疲乏。

根本没有人来，连老太太的儿子也没回来，他还能看到她在灯下做针线活。大概两个小时后，快八点了，狄克开始替乔治和朱利安担心起来。老太太起身把针线篮子放到一边。

她从狄克的视线中消失了，没有再出现，但灯依然亮着，灯光射向窗外。狄克想，可能是为她儿子留

灯吧。

他踮着脚走到窗口。现在雨已经停了，夜晚清晰了许多，星星出来了，月亮正在升起，狄克的精神振作起来。

他朝亮着灯的屋内仔细地看，看到老太太正躺在角落里一张破烂的沙发上，毯子一直拉到她的下巴处，她好像睡着了。狄克走回棚子，感觉空等乔治和朱利安没什么用，他俩肯定是迷路了！或者是加斯顿先生，管他叫什么名字呢，得给提米的腿做些治疗，于是朱利安决定当晚在烽火村的旅馆投宿。

他又打了个哈欠。“我太困了，没办法留神了，”他做出决定，“要是我不去那堆麦秆上躺下，就会睡着从这个箱子上落跌下去。不管怎么说，要是其他人来了，我想我会听到的。”

借助着手电筒，他小心地去往谷仓，把门关上，从里面用一根棍子穿过两个搭扣，粗粗地把门闩上。他不知道为什么要这么做，或许是因为他还在想着老太太坏脾气的儿子吧！

他将自己甩到麦秆上，立马就睡过去了。外面，天空变得越来越明朗，月亮升起来了，不是满月，但也圆得足以洒下清辉，照耀着孤零零的小石头房，还

有疏于打理的外屋。

狄克睡得很香。他躺在柔软的麦秆间，梦到了提米和乔治，还有蓝色的池塘和大钟，尤其是钟。

他突然醒了，有一会儿不知自己身在何处。这绕着他的扎人的东西是什么？然后他记起来了——当然是麦秆啦，他在谷仓里呢！他正准备再次蜷身而睡时，听到了一个声音。

只是很小的一声，或许只是在谷仓的木墙上刮擦了一下。狄克坐了起来。那儿有老鼠吗？希望没有！

他仔细倾听。刮擦声好像是从谷仓外传来的，而不是里面，然后停止了。停了一阵子，又响了起来，接着从狄克头上的破窗处，传来了轻轻的叩击声。

他大惊失色。老鼠会刮擦和扒寻，但不会轻叩窗户。谁在这么小心地轻叩这扇小窗？他支起耳朵，屏息静听。

接着他听到一个声音，一声粗哑的低语。

“狄克！狄克！”

狄克大为惊奇。是朱利安吗？是的话，他究竟如何得知他，狄克，是在谷仓里？他身子僵硬地坐着倾听，惊讶不已。

轻叩声再次传来，接着是那个声音，音量稍高了

些:“狄克！我知道你在那儿，我看到你进去的。来窗口这儿——轻轻地，就现在！”

狄克不认识这个声音。不是朱利安的，也绝对不是乔治或者安的。那么这人是怎么知道他的名字，以及他在这儿的？真是令人惊骇。狄克不知该怎么办才好！

“快点！”那声音说，“我马上得走。我有口信给你。”

狄克决定去窗边。他很确定不想让外面的人进到谷仓里来。他小心翼翼地起身，跪在窗口下边说话。

“我在这儿。”他说，努力使自己的声音低沉，听起来像个成年人。

“你磨蹭得太久了。”外面那人抱怨道，接着狄克透过窗户看到了他——只是一张脸，暗淡凶狠的眼神，弹丸一样的圆脑袋。狄克屈膝后缩，庆幸那张脸看不见隐在谷仓黑暗中的他。

“这是内勒的口信，”那声音说，“两棵树。深色湖。野姑娘简妮。他说玛吉知道。他给你送来这个。玛吉也有一份。”

一张小纸片从破缺的窗格飘进来，狄克茫然地将它捡起。这一切都是怎么回事？他在做梦吗？

那声音再次响起，急促又紧迫："狄克，你全听到了吗？两棵树。深色湖。野姑娘简妮。玛吉也知道。我走了。"

有人绕着谷仓蹑手蹑脚走动的声音传来，然后是一片静默。狄克惊异又困惑地坐着。这个眼神凶狠的家伙是谁？谁在半夜三更叫他的名字，还给他带来非同寻常的口信，而这口信对一个睡眼蒙眬的男孩来说，根本没有什么意义？但狄克现在已经完全清醒了，他站起来，望向窗外，除了孤零零的房子和天空，看不到任何人和物。

狄克又坐下来思索。他小心地打开电筒，看着他捡起来的那张纸。它是脏乎乎的半页纸，上面有铅笔标记，对狄克来说毫无意义。这儿那儿，印着一些字词，但对他来说全是废话。他就是搞不懂他的访客、访客的口信还有这张小纸片！

"我肯定在做梦。"狄克想，把纸放进口袋。他躺回麦秆里，因为靠近窗口而受了寒，他将身子缩成一团。他躺着想了一会儿，对发生的怪事迷惑不解，然后他感觉眼睛合拢了。

可他还没有完全睡着，又听到了轻轻的脚步声！那家伙又回来啦？这次有人想打开门，可是木棍在搭

扣里。外面那人摇着门，木棍马上掉了出来。那人又摇门，好像认为门被卡住了，接着打开了它。他走进来，关上身后的门。

狄克飞快地瞥了他一眼。不，不是之前的那个人，这是个头发浓密的男人。狄克希望并祈祷他不会到麦秆这边来。

他没有过来。他在一大袋东西上坐下，等着。过了一会儿，他自言自语起来，但狄克只听清了一两句。

“出什么事啦？”他听到。“我还得等多久？”接着是一阵咕哝，狄克一句也听不懂。

“等待，等待。那就是我要做的全部。”男人边嘀咕边站起来伸展身子，接着走到门口朝外张望。他走回来，又在袋子上坐下。

他静静地坐着，一动不动，狄克感觉眼睛又合拢了。这也是梦的一部分吗？他没时间细想，因为他突然沉浸于真正的梦乡了，伴着钟声行走着，到处都是两棵长在一块儿的树木，将他环绕！

整晚他都睡得很沉。清晨来临时他突然醒了，坐了起来。谷仓里只有他一个人。那第二个访客去哪儿了？或者这整个就是一场梦？

想想吧

1. 狄克等到朱利安和乔治了吗？

2. 狄克睡在什么地方？

3. 是谁让第一个来人捎带口信给狄克？

4. 谷仓窗口传口信的人和进入谷仓的那个人是不是同一个人？

第七章　早上

狄克站起来舒展身体，感觉又脏又乱，而且很饿。他不知老太太会不会让他买些面包、芝士还有一杯牛奶。

“安肯定也很饿了，”他想，“不知她还好吗。”他小心地走到外面，抬头看安度过了一夜的阁楼的小窗户。她焦急的脸庞已经在那儿了，正留意狄克的出现呢！

“安，你还好吗？”狄克声调低沉地喊道。她推开小窗户，朝他微笑。

“还好。但我不敢下去，因为那个儿子在楼下。我能听到他时不时地对聋老太太大喊大叫，听起来脾气很坏。”

“那我等他出门上班后，再去找老太太，”狄克说，“她让你睡在阁楼里，我得付给她一点钱——或许我

能劝说她给我们些吃的东西。”

“希望你能，”安说，“我已经把袋子里的巧克力吃光了。我是不是该等着，直到听到你喊我？”

狄克点点头，匆忙消失于谷仓中。他听到了脚步声！

一个男人出现了——一个身矮体宽、耸肩弓身、一头脏乎乎浓密头发的男人。他是狄克昨晚在谷仓里看到的那个人。他咕咕哝哝地发着牢骚，看起来确实脾气很坏。狄克决定躲着他，便在谷仓里蹲下来。

不过那人并没有进来，他走过去了，还在自言自语。狄克听着他的脚步声远去，听到某处的门打开了，接着在那男人身后发出碰撞声。

“我最好抓住眼下的机会。”狄克想，赶紧走出谷仓，去往小白房。在日光中它看上去摇摇欲坠、无人打理，更有一种凄凉绝望的感觉。

狄克知道敲门没用，因为老太太听不到，于是直接走进房子，发现老太太正在开裂的旧水槽里洗碟子。她惊愕地盯着他。

“我把你忘了！还有那个女孩！她还在上面吗？在我儿子回来之前，快让她下来！然后赶紧走，两个都走！”

“你能不能卖给我们一些面包和芝士？”狄克喊道。可老太太真是完全聋了，她用手中的湿布猛戳他，一个劲地将他朝门口推。狄克闪到一边，指着桌上的面包。

“不，不。我跟你说，你走，”老太太说，显然很害怕她儿子万一回来了，“叫上女孩，快点！”

但在狄克能采取任何行动之前，外面已经响起了脚步声，那个耸肩弓身、头发浓密的家伙进来了！他已经回来了，手里拿着一些找到的鸡蛋。

他走进厨房，直瞪着狄克。“滚开！”他生气地说，“你在这里干什么？”

狄克心想最好不要说他晚上睡在谷仓里。这个地方正有怪事发生，要是他知道狄克晚上睡在附近，可能会非常粗暴。

“我想知道你妈妈能不能卖些面包给我们。”他说，话一出口便恨不得将自己的舌头咬断。他说了“我们”！现在这男人该猜出来还有人和他在一起了。

“我们？谁是‘我们’？”男人说，同时四下看看，“你把他叫来，我会告诉你们两个我是如何对付来偷我鸡蛋的男孩的！”

“我去叫他。”狄克说，抓住机会脱身。他跑向门

口，男人笨拙地冲过来，差不多就抓住他了，但狄克已经到了外面，沿着小路跑开了。他躲在一个棚子后面，心扑扑直跳。他得等安，想办法回去接她。

男人站在门口，在狄克身后气愤地大喊大叫，但并没有追他。他回到房子里，过了一会儿又出来了，提着一桶热气腾腾的食物。狄克猜他是去喂鸡了。

他得抓住机会接安出来。他等到远处门口再次发出碰撞声，便冲向房子。安惊恐的面孔已经出现在窗口。那男人对狄克说的话，还有责怪他妈妈让人进屋的话，她全听到了。

“安！马上下来。他走了，”狄克喊道，“快！”

安的脸从窗口消失了，她跑到门口，跌跌撞撞地飞奔下楼，跑过厨房。老太太朝她挥动着一块布，高声尖叫。

狄克跑进厨房，把一镑硬币放在桌上，然后抓住安的胳膊，两人跑出房子，跑下小路。他们来到头晚曾沿着走过的树篱。

安相当惊惧。“好可怕的男人！”她说，“噢，狄克，多么恐怖的地方。老实说，我认为朱利安选那样的地方来过夜，真是疯了——恐怖的小房子！它看起来一点儿也不像个农庄，看不到奶牛或猪，甚至看不

到一条看护农场的狗！”

“安，你知道，我认为它不可能是蓝池庄，”他俩走在树篱旁，寻找头晚穿过的大门时，狄克说，“我们犯了个错误。它是个普通的农家。我肯定要是我们没迷路的话，就会去到正确的蓝池庄。”

“乔治和朱利安会想些什么？”安说，“他们会担心死了，是吧，奇怪我们怎么啦？你认为他们是在真正的蓝池庄吗？”

“这有待我们搞清楚，”狄克说，“安，我看起来很脏乱吗？我感觉糟极了。”

“是的。你没有梳子吗？”安说，“你的头发都竖起来了，脸很脏。看，那边有条小溪，我们把毛巾拿出来，去洗洗手和脸吧。”

他们用溪流里的冷水稍微洗了一下，狄克将头发梳往后边。

“你看起来好多了，”安说，“噢，亲爱的，真希望能吃点早餐。我饿坏了！我睡得不是特别好，狄克，你呢？我的床垫太硬了，独自一人待在上面那古怪的小房间里，我怪害怕的。”

狄克还来不及回答，一个男孩吹着口哨经过大门，看到狄克和安，他十分惊讶。

“你们好！”他说，“你们徒步旅行？”

“是的，”狄克说，“你能不能告诉我，那边那个地方是不是蓝池庄？”

他回指老太太的房子。男孩笑了起来。

“那不是农庄，那是塔格特夫人的家，是个脏破老旧的地方。别去那儿，否则她儿子会把你们赶走。我们叫他邋遢狄克——他是个讨厌的家伙！蓝池庄在那下边，看到了吗？经过‘三个牧羊人’旅馆，往左上边去。”

“谢谢，”狄克说，心里对头天那个说“呃”的男人着实恼怒，他害他们全走错了。男孩挥挥手，动身穿过一条荒野小路。

“我们昨晚绝对走错路了，”他们走在头晚于黑暗中穿过的田野上时，狄克说，“可怜的安！在黑暗和雨中拉着你一路走，到了一个根本不是蓝池庄的可怕地方。我想不出朱利安会怎么说我。”

“哦，我也有错，”安说，“狄克，我们去‘三个牧羊人’旅馆，在那儿给蓝池庄打电话，好吗？要是它装有电话的话，就那么办吧。我不怎么想走了一英里又一英里，可能又找不着蓝池庄。”

“好主意，”狄克说，“‘三个牧羊人’就是那女人

往窗外抖抹布的地方，对吧？她告诉朱利安去斯皮奇大院的路。我想知道老朋友提米怎么样了，希望它好转了。我说，这次旅行不像我们期望的那么美好，是吧？”

“嗯，还有时间将它扭转！”安说，说得比真实的感受乐观得多。她太想吃顿早餐了，以至于感觉脾气很坏！

“我们从‘三个牧羊人’那儿给朱利安打电话，说说发生了什么。”他们来到头晚在泥水中挣扎过的通道时，狄克说。他帮助安越过梯磴，跳到狭窄的路上。“还有，我们在‘三个牧羊人’那儿吃早餐——我敢打赌，我们会比任何曾在‘三个牧羊人’就餐过的人都吃得多！”

安马上感觉心情开朗了许多。她还以为他们要一路走到蓝池庄，才能吃到早餐呢！

“看——一条小溪确实流经这条路，”她说，“难怪昨天我弄湿了脚！快点，想到早餐，我的腿禁不住想跑！”

他们终于到达烽火村，朝旅馆走去。“三个牧羊人”喷漆招牌，看起来十分阴沉。

“它们的样子和我的感受一致，”安说，“不过我的

感觉很快就要转变。噢，狄克，想想麦片粥，还有咸肉和鸡蛋，还有烤面包和橘子酱！”

“我们必须先打电话。”狄克坚定地说。就在他准备走进旅馆的时候，突然停住了脚步。有人在叫他。

“狄克！狄克！安！看，他们在那儿！嘿，狄克，狄克！”

是朱利安的声音！狄克高兴地转过身，看到朱利安、乔治和提米正沿着村街，又是大喊又是招手地跑过来。当然啦，提米是第一个跑到他们身边的，而且看不到一点儿跛行的迹象！它跳到他们身上，激动地吠叫，舔着他们它能够着的所有裸露部分。

“噢，朱！见到你太好了！”安声音发颤地说，“我们昨晚迷路了。乔治，提米还好吧？”

“很好，绝对很好。”乔治说，“你看……”

“你们吃早餐了吗？”朱利安插嘴道，“我们还没有。我们很担心你们，正准备去找警察呢。但现在我们可以一起吃早餐，说说我们的新闻了！”

想想吧

1. 狄克半夜在谷仓里见到的人是谁?
2. 安和狄克过夜的地方是蓝池庄吗?
3. 安和狄克打算在哪里吃早餐?
4. 狄克正准备走进旅馆的时候，是谁叫住了他?

第八章　又在一起了

又在一起了，真是太好了。朱利安抓住安的胳膊，轻轻地按了一下。“安，还好吗？”他说，很担心她苍白的脸色。

安点点头。她马上感觉好多了，现在她有了朱利安、乔治和提米，还有狄克。“我只是觉得饿极了。”她说。

“我马上叫早餐，”朱利安说，“新闻在后！”

头天探身出窗口抖抹布的女人走上前来。“我想对你来说可能有点晚了，”朱利安说，“可我们还没有吃早餐。你有什么可提供的？”

“麦片粥和奶油，”女人说，“还有自熏的咸肉和自产的鸡蛋、自制的蜜汁和我自己烘焙的面包。够了吗？还要加奶油的咖啡吗？”

“我都想拥抱你了。”朱利安眉开眼笑地对她说，

其他人也有同感。他们走进一间小而温馨的餐厅，坐下来等候。很快，一阵油煎咸肉和热浓咖啡的气味飘进了房间——多高兴啊！

“先说说你的新闻，”狄克说，拍拍提米，“你们到斯皮奇大院了吗？加斯顿先生在那儿吗？”

“没有，他不在，”朱利安说，“他在外面什么地方。他妻子人很好，让我们等他，说他回来后会毫不介意帮忙检查提米的，所以我们就等啊，等啊。”

“我们等到了七点半！”乔治说，“感觉十分尴尬，因为我们想可能快到吃饭时间了。然后加斯顿先生终于回来了。”

“他实在是太好了，”朱利安说，“他检查了提米的腿，接着做了些治疗，我不知道是什么治疗——我想，是将它回归原位吧。提米大叫一声，乔治飞扑到它身上，加斯顿先生对乔治爆发出大笑……”

“嗯，他对提米的腿下手很重，”乔治说，“不过当然啦，他知道自己在做什么，现在提米全好了，除了背部的瘀伤，就是这个也正在好转。它能和原来一样跑动了。”

“我很高兴，”安说，“昨晚我不停地想着可怜的老提米。”她拍拍它，而它口水湿湿地大肆舔舐着她。

“接下来呢？”狄克问。

“哦，加斯顿夫人坚持让我们留下来吃饭，”朱利安说，“她就是不肯接受谢绝，而且那时候我们饿极了，于是我们留了下来，吃了一顿极为美味的晚餐。提米也一样！你们该看看它吃完之后的肚子——圆鼓鼓的像个桶。今天瘪下去了，是件好事，否则我正想着把它的名字改为‘塔米’[①]呢。”大家都笑了起来，乔治笑得尤其厉害。

“傻瓜，”她说，“嗯，我们大概九点钟才离开。我们没有担心你们，因为我们肯定你们安全地待在蓝池庄，会猜测我们不得不和提米一起等人呢。当我们到那儿的时候，发现你们没有到——哦，我们那个焦急啊！”

“然后我们认为，你们肯定找到别的地方过夜了，”朱利安说，“但我们想，要是没有听到你们的消息，今天早上的第一件事，就是去找警察报告你们失踪了！”

“于是我们来了——也没有吃早餐！”乔治说，“这说明我们有多担心！蓝池庄很好，他们给我们安排在两个小房间里，每人一张床，当然啦，提米和我

① “塔米”是英语 tummy 的音译，儿语“肚子”的意思。——译者注

一起睡。”

一阵宜人的气味轻轻飘进小餐厅，接着女店主端着一个大托盘进来了。托盘上有盅冒着热气的麦片粥、一碗糖浆、一壶浓稠的奶油，还有一碟咸肉和鸡蛋，高高地堆在金黄酥脆的烤面包上。同一个碟子里，还有许多小蘑菇。

“就像变魔术！”安盯着托盘说，“全都正是我渴求的东西！”

“橘子酱和黄油马上就来，还有咖啡和热牛奶，”女店主一边忙着把每样东西摆上桌一边说，“要是你们还想要咸肉和鸡蛋，就摇铃。”

“美好得都不真实了！”狄克盯着桌子说，“上帝啊，快动手啊，姑娘们，否则我会忘了风度开抢啦。”

真是一顿美妙的早餐，因为大家都饿坏了，所以格外美妙。当他们舀起加了糖浆的麦片粥和奶油时，没人顾得上说话。提米也有一碟——它热爱麦片粥，但不喜欢糖浆，糖浆会使它的胡须黏糊糊的！

“我感觉好多了，”安盯着麦片粥碟子说，“问题是，我该吃更多的麦片粥，而承担不那么享受咸肉和鸡蛋的风险，还是直接开吃咸肉和鸡蛋？”

“一道难题，”狄克说，“我也面临同样的问题。总

的来说，我认为该继续朝咸肉和鸡蛋挺进——如果我们想要的话，总是可以上更多的粥，而且这些小蘑菇着实让我垂涎欲滴！我们没有太贪心吧？可是特别饿的时候，谁能忍得住呢？”

“昨晚你们发生了什么事，你一个字还没说呢，”朱利安一边大方地分发咸肉和鸡蛋，一边说，“现在你们肚子里有东西了，或许感觉可以准确地告诉我们为何不顾我的指示，没有到达昨晚你们该到达的地方了吧？”

“你听起来像是我们学校的校长！”狄克说，“简单的事实就是，我们迷路了！当我们最终到达某个地方时，我们以为那就是蓝池庄，就留在那儿过夜了。”

“我明白了，”朱利安说，“可那儿的人没告诉你们它不是正确的地方吗？就算这样你们也可以让我们知道啊？你们肯定知道我们会担心的。”

“哦，那儿那个老太太完全聋了，”安一边猛力向咸肉和鸡蛋进攻，一边解释道，“我们说的每个字她都不明白，因为我们以为那是蓝池庄，就留下来了，尽管那是个可怕的地方。你们没来，我们还担心呢！”

“一大篇的意外，”朱利安说，“不管怎么说，结果好就好。”

“别说得这么轻巧，”狄克说，“朱，其实我们过得挺糟的。可怜的安不得不睡在一间小阁楼里，而我睡在谷仓的麦秆里——我不在意这个，而是，嗯，晚上发生了奇怪的事情。至少，我认为很奇怪，我不太肯定，这一切是不是一场梦。”

“什么奇怪的事情？”朱利安马上问道。

“嗯，我想我们重新上路的时候，或许我会告诉你们，”狄克说，“现在在光天化日之下想想这事，我感觉要不它是一场愚蠢的梦，要不就是，嗯，正如我说的，非常奇怪的事情。”

“狄克，你对我可是只字未提！”安惊讶地说。

“哦，老实跟你说，因为发生了其他的事情，我就把它忘了，”狄克说，“比如，不得不逃离那个男人，还有想着朱利安和乔治，还有感觉太饿了。”

“听起来你们昨晚上过得一点儿也不好，”乔治说，“在黑暗中努力探路，肯定也很糟糕。雨下得很大，是吧？”

“是啊，”安说，“但是，噢，最让我害怕的，是那些钟声！朱利安，你听到了吗？它们突然当当作响，把我吓坏了。我想不出那是什么！它们为什么敲响，声音那么大？”

“你不知道它们为什么敲响吗？”朱利安说，“它们是从监狱传来的钟声，就是那个好心的老妇人告诉我们的监狱。敲钟是告知乡下的每一个人，有犯人越狱了，锁上门，管好自己人。”

安默然地盯着朱利安。那么，那就是钟声铿锵作响的原因了。她打了一个寒战。

“我很高兴那时不知道这个，”她说，“要是早知道有个逃犯，我就会和狄克一起睡在麦秆里了。他们抓住他了吗？”

“不知道，”朱利安说，“等女店主来我们问她。”

他们问了她，她摇摇头：“没有。还没抓到，但会抓到的。所有通向高沼地的路都有人把守，每个人都很警惕。他是个入室抢劫犯，谁阻止他，他就攻击谁。一个危险的家伙。”

“朱利安，要是有个逃犯到处流窜，在高沼地徒步旅行还可行吗？”安问，“我会感觉很不自在。”

“我们有提米，”朱利安说，“必要的话，它强壮得可以抵挡三个犯人，保护我们！你别担心。”

“汪汪。”提米立刻同意了，尾巴重重地拍打着地板。

终于，每个人都吃饱了，甚至连饿坏了的安都塞

不下最后一点烤面包了。她高兴地叹口气。“我又有感觉了，”她宣布道，“不能说我有多喜欢步行，但我知道在饱餐一顿之后，这对我大有裨益。”

“不管好不好，我们都得继续上路，”朱利安说着，站了起来，“我先买一些三明治。”

女店主对他们由衷的称赞感到很开心，给他们包好一些三明治，挥手作别。“能来的话，欢迎再次光临，”她说，“我总是会有好东西招待你们的。”

四人走上街，在路尾踏上一条通道，它蜿蜒了一小段路，然后进入一个山谷。一条溪流从山谷间流过，孩子们从他们站着的地方，可以听到溪流汩汩作响。

“好风景！”安说，“我们沿着溪流走吗？我很想这样。”

朱利安看看他的地图。“是的，可以的，”他说，“我已经标好了要走的小路，溪流会在前面某个地方和它会合，所以要是你想的话，我们可以沿着溪流走，不过路很坎坷难行。”

他们走向溪流。“哎，狄克，”当他们离开小路时，朱利安说，“跟我们说说昨晚发生的那些怪事，怎么样？周围没人偷听——看不到一个人影儿。全说出来

吧。我们会告诉你它是不是梦。”

“好吧，”狄克说，“嗯，故事是这样的。听起来确实非常奇怪。听好了……”

想想吧

1. 朱利安和乔治刚开始为什么没有担心安和狄克?

2. 提米为什么不喜欢糖浆?

3. 钟声为什么敲响?

4. 逃犯被抓住了吗?

第九章　狄克让大家感到意外了

狄克开始讲述他的故事，可是由于无路可循，他们没办法并肩走，很难听得清楚。

最后朱利安停下来，指着一大丛帚石楠。“我们去那儿坐下来，好好地听狄克的故事吧。我老是漏掉细节。坐在这里，没有人听得到我们说了什么。”

大家坐下来，狄克又从头说起。他讲到害怕要是让他俩留宿儿子会生气的老太太，讲到他以麦秆为床。

“现在要说我认为是梦的部分了，”他说，“我醒过来，听到谷仓木墙有刮擦的声音……”

“大老鼠或小老鼠？”乔治说，当然啦，提米马上蹦了起来。它肯定这话是对它说的！

“我也是这么想的，”狄克说，“可接着我听到窗户有轻轻的叩击声。”

“太恐怖了，”安说，“我一点儿也不喜欢这样。”

“我也是啊，”狄克说，“可是接着我听到有人叫我的名字！‘狄克！狄克！’就像这样。”

“那肯定就是梦了，”安说，“那里没有人知道你的名字。”

狄克继续往下说：“呃，然后那声音说：‘狄克！我知道你在那儿，我看到你进去的。’还让我到窗边去。”

“接着说。”朱利安说。他大惑不解。除了安，全世界没人知道狄克在谷仓里，而当晚绝对不是安在那里！

“嗯，我去到窗边，”狄克说，“当然，光线非常暗，我看到了一个眼神凶狠的家伙。他看不清谷仓黑暗中的我。我只是含糊地说‘我在这儿’，希望他认为我是他想找的人。”

“接下来他说了些什么？”乔治问。

“他说了些听起来没有意义的废话，”狄克说，“他说了两次。话的内容是‘两棵树。深色湖。野姑娘简妮’。他说‘玛吉知道’。就这些！”

没人作声，然后乔治大笑起来。“两棵树！深色湖！野姑娘简妮！玛吉知道！哦，狄克，肯定是梦

了！你知道它肯定是的。朱利安，你怎么看？”

“嗯，听起来确实有点荒谬，有人三更半夜来叫狄克的名字，给他捎来对他来说毫无意义的奇怪的口信！”朱利安说，“听起来更像梦而非现实。我也认为它是一场梦。”

狄克开始认为他们是对的，然后一个想法突然跳入脑海，他直坐起来。“等一下！”他说，“我记起来了！那人从破缺的窗格丢进来一小张纸，我捡起来了！”

“啊——那就不一样了，”朱利安说，“哎，要是你不能找到那张纸，这就是一场梦，你也梦到了纸。但要是你能找到它，嗯，这整件事就是真的。确实非常诡异，但却是真的。”

狄克飞快地摸索口袋，在一个口袋里碰到了纸，他将它抽了出来。这是一张脏乎乎、皱巴巴的纸，上面有些字词和几行字。他无声地将它拿出来给大家看，眼睛发亮。

“是这张纸吗？”朱利安问，“哎呀，那么，说到底你并不是做梦！”

他拿过纸张，四个脑袋都探过来认真地看。不，五个，因为提米也想看看他们大家都感兴趣的东西，

它毛茸茸的脑袋夹在朱利安和狄克的头之间，强伸过来。

“我搞不懂这张纸的意思，”朱利安说，“我想，它是某种计划。但是是什么计划，或者在哪儿，无从得知。”

“那家伙说玛吉也有一张这样的纸。”狄克记起来了，说。

“在这茫茫的大千世界，谁是玛吉？”乔治说，“还有为什么玛吉应该知道？”

“还有什么可告诉我们的？”朱利安说，现在他已是饶有兴趣了。

“哦，那个聋老太太的儿子后来进到谷仓，”狄克说，“他坐着等啊等啊，咕咕哝哝的。然后等我醒过来，他已经不见了，所以我想我肯定也梦到了他。当然啦，他没有看到我。”

朱利安噘着嘴，眉头皱起。然后安兴奋地说：

“狄克！朱！我想我知道第二个人为什么进入谷仓了。那个眼神凶狠的人捎带口信和纸条，想要给的是第二个人，不是狄克。他不想给狄克，但他看到狄克轻手轻脚地进入谷仓，我猜他以为狄克就是他要找的人，正在谷仓里等着他呢！”

他拿过纸张，四个脑袋都探过来认真地看。不，五个……

“解释得很好，但他怎么知道我的名字？”狄克问。

“他不知道你的名字！他根本就不知道是你！”安激动地说，“另外那个人的名字肯定也叫狄克！你不明白吗？他们肯定计划好了在那里碰头，眼神凶狠的男人和老太太的儿子。前者看到狄克进去了，所以他等了一会儿，然后过去轻敲窗户！当他叫‘狄克！狄克’时，狄克当然以为有人找他，接收了口信和每一样东西！然后另外那个人，真正的狄克来了——太晚了，错过了第一个人，而我们的狄克已经遇到他，得到了口信！”

说完这一大篇，安已是上气不接下气。她坐着，热切地看着其他人。他们不认为她是对的吗？

他们当然认为她是对的。朱利安轻拍她的背。“安，解释得很好！当然啦，这正是发生过的事情。”

狄克突然想起他们从老太太家到烽火村的路上遇到的那个男孩——吹口哨的男孩。关于老太太和她的儿子，他说了些什么？

“安，那个吹口哨的男孩说了什么？等一下，他说那是塔格特夫人的家，他说我们最好别去那儿，否则她儿子会把我们赶走。他还说，是的，我现在想起

来了，他说‘我们叫他邋遢狄克——他是个讨厌的家伙’。邋遢狄克！那他的名字肯定是狄克了！为什么我没早点想到呢？”

“这证明安是对的。”朱利安高兴地说。安看起来也很高兴，她能抢在其他人之前想到什么聪明的点子，这样的情况并不常发生！

他们都坐着思考。“这和那个逃犯有关系吗？”乔治最后说道。

“可能有，”朱利安说，“那个捎带口信的家伙可能就是那个逃犯。他说了是替谁传口信吗？”

“说了，”狄克说，努力地回忆，“他说是内勒的口信。我想是这个名字。但你知道，这都是轻声说出来的。”

“内勒的口信，”朱利安说，“嗯，或许内勒在监狱里，他的一个朋友逃出来了。也许他知道这个同伙打算逃跑，便让这个同伙给某人捎带口信——那个住在老旧农舍的男人，也就是老太太的儿子。他们可能有个早已做好安排的计划。”

“你什么意思呢？”狄克面带不解地问。

“唔，当钟声敲响，那个老太太的儿子，邋遢狄克，可能已经知道这个同伙越狱了，而且会给他捎来

口信。要是钟声敲响，他当晚就等在谷仓里，以备内勒的朋友已经逃跑出来了。”

“是啊，我明白了，”狄克说，“我认为你说得对。是的，我确信你是对的。哎呀，我很庆幸那时不知道窗口那个家伙是个逃犯！”

“你收到了来自内勒的口信！”安说，“怪事！就因为我们迷了路，去到错误的地方，你收到了一个逃跑出来的犯人捎来的口信！可惜我们不知道口信的意思，还有纸上的内容。”

“我们最好告诉警察？”乔治说，“我的意思是，这可能很重要，可能会帮助他们抓到那个人。”

“是的，”朱利安说，“我认为我们应该告诉警察。看看地图，下一个村庄在哪儿。”

他查看了一下地图。“我认为我们还是按既定计划继续前进，”他说，“我计划我们将到达这儿这个村庄——里布尔斯，看，万一我们买不到三明治，正好可以在那里吃午餐。不管怎样，我们都得去那里喝点东西的，因此我赞成我们照常漫游，然后去里布尔斯警察局一趟——如果那里有警察局的话，告诉他们我们知道的这些事。”

他们都站了起来。提米很高兴，它不赞成刚吃过

早餐就长时间地坐着。它高兴地跳了起来。

“它的腿没问题了，”安高兴地说，“嗯，希望它学到一个教训，别再下到兔子洞去了！”

它当然没有吸取教训。接下来的半小时内，它的头下探了六次，不过幸运的是，它没有伸进去很深，能够轻易地将自己抽出来。

那天四个人看到了小野马。它们一块儿越过一个土岗，慢跑过来，颜色棕黄，体形瘦小，有长长的鬃毛和尾巴，看起来真的十分忙碌。孩子们高兴地停下脚步。小马们看到他们，扬起漂亮的头颅，全都转向一边，像疾风似的跑开了。

提米想去追它们，但乔治紧紧地抓住它的颈圈。谁都不该去追那些宝贵的小野马！

“太好了！”安说，“这么突然地遇到它们，真是太好了。希望还能遇到一些。”

那个上午和头一天一样温暖晴朗，四人再次脱下夹克，提米的舌头伸了出来，湿湿地滴着口水。脚下的帚石楠和细丝般的野草很柔软。他们顺着溪流走，不断地欣赏它那棕褐的颜色[1]和轻柔的汩汩声。

① 沼泽地植被，尤其是帚石楠，腐烂分解后形成泥炭，溪流裹挟这些物质，故为棕褐色。——译者注

十一点半吃三明治时，他们将发热的脚泡到溪水里。“太幸福了！”乔治向后仰到一簇帚石楠上，任由溪水轻轻地拍打双脚，说，“小溪给我的脚挠痒痒，太阳照得我的脸暖洋洋，太美好了！噢，提米，你这个傻瓜，走开！竟然往我的脖子下面呼气，把我的脸搞得湿乎乎的！”

溪流最终和通往里布尔斯村的小路会合了。他们沿着小路走，开始想念午餐。在一家小旅馆或者农舍吃午餐，一定很有意思，三明治就留作晚餐吧。

“但我们得先找到警察局，”朱利安说，“得把我们的故事说出来，然后才吃饭！”

想想吧

1. 为什么狄克让大家感到意外了？
2. 是谁先想到为什么逃犯给狄克传口信的？
3. 邋遢狄克怎么知道同伙越狱了？
4. 朱利安他们决定如何处理收到的口信和纸条？

第十章 生气的警察和美味的午餐

里布尔斯有个小警察局，附带有一套供警察使用的房子。由于一个警察管辖四个村子，他感觉自己是个相当重要的人物。

孩子们走到警察局时，他正在房子里吃午餐。他们找不着人，又走了出去。警察从窗口看到他们，抹着嘴巴走了出来。他对正在享用香肠和洋葱美餐的当儿却不得不出来，感到不是很高兴。

“你们想要什么？”他怀疑地问。他不喜欢任何孩子。他认为他们是令人讨厌的小东西，总是调皮捣蛋，脸皮又厚。他不知道是小孩子更差劲，还是大孩子更差劲！

朱利安礼貌地对他说：“我们来报告相当奇怪的事情，我们认为或许警察应该知道这事。这可能会帮助他们抓住昨晚逃跑的犯人。”

“哈！”那警察轻蔑地说，“我猜，你们也看到他了？你都不敢相信有多少人看到了他。根据他们的说法，在同一时间，他们看到他在高沼地的各个地方。能像那样分身，他肯定是个聪明的家伙。”

“嗯，昨天晚上我们有个人看到他了，”朱利安礼貌地说，“至少，我们认为肯定是他。这儿有他给我弟弟的口信。”

“嗬，他给了，是吗?”警察说，用一种最不信任的神态盯着狄克，“这么说他到处跑，把口信带给了在校男生，是吗？我能不能问一下，他给了你什么口信?”

狄克将口信说给警察听时，听起来显得傻极了。“两棵树。深色湖。野姑娘简妮。玛吉知道。”

“真的吗？”警察用一种挖苦的声音说，“玛吉也知道，是吧？唔，你跟玛吉说也来这里告诉我吧。我很想见见玛吉，尤其是她如果是你们的朋友的话。”

“她不是，”狄克说，感觉很气恼，“那是口信的内容。我不认识玛吉！我怎么认识她？我们以为或许警察能够破解其中的意思。我们破解不了。那家伙还给了我这张纸。”

他将脏乎乎的纸递给警察，警察带着一种坏笑看着它。“这么说，他还给了你这个，对吧？”他说，

“现在他就不是那类人了吗？你们认为胡乱写在纸上的这都是些什么？”

“我们不知道，”狄克说，“但我们认为我们的报告可能会帮助警察抓到那个逃犯，仅此而已。”

“逃犯已经被抓住了，”警察说，脸上带着假笑，“你们知道这么多，但你们不知道这个！他被抓了，四个小时之前，现在他正妥妥地待在监狱里呢。我说你们这些小孩子，我可不会被傻小子哄骗，明白吗？”

“这不是骗人的，”朱利安以一种非常成熟的态度说，“你该学会看出真实和玩笑的区别。”

这话激怒了警察。他的脸变红了，立刻转向朱利安。

“哎，你们快走！”他说，“我不想看你们无礼！你们想要我记下你们的名字和地址，举报你们吗？”

“如果你想的话，”朱利安厌恶地说，“你这儿有笔记本吗？我会把我们的名字全给你，我本人回去后，会到我们区的警察局举报此事。”

警察瞪着他，不由得对朱利安的态度印象深刻，他平静了一点。

“你们走开，全部走开。”他说，声音不那么粗暴了，“我这次不举报你们，但你们不要去散播这样的傻

故事，否则你们会有麻烦，大麻烦。”

“我不这样认为。”朱利安说，“那么，既然你对我们讲的情况不会采取任何行动，请问我们能要回那张纸吗？”

警察皱起眉头，好像要撕掉那纸的样子，狄克伸手去抓。太晚了，恼怒的警察已经将它撕成四片，丢到了路上！

“你们村没有不能乱扔垃圾的法规吗？”狄克严肃地问，小心地捡起四片纸。警察怒视着狄克将纸片放入口袋，然后发出一种奇怪的喷鼻息声，抬脚回去享用他的香肠和洋葱了。

“希望他的午餐已经变冷了！”乔治说，“可怕的家伙！他为什么认为我们在说一堆假话？”

“我们的故事确实很怪，”朱利安说，“别忘了，狄克第一次讲它的时候，我们也觉得有点难以置信。我不怪这警察不信它，我怪他的态度。好在大多数的警察不是这样的，否则就没人会来报告了。”

“至少，他告诉了我们一点好消息，”安说，“那个逃犯又回到监狱了！得知这点我放心了不少。”

“我也是，”狄克说，“我一点也不喜欢他的样子。哦，朱，我们现在该做什么呢？忘了这整个事？你认

为在那口信中有什么可跟踪的？要是有，我们能做些什么呢？”

“我不知道，”朱利安说，“得想一想。我们去看看能在哪个地方找家农舍弄点吃的吧，周围好像有很多家似的。”

他们询问一个小女孩，附近是否有农舍提供午餐。她点头指路。

“看到那边山上的农舍了吗？那是我奶奶家。我料想她会给你们提供午餐的。她在夏天常给游客提供午餐，虽然是旺季季末了，要是你们问她，我想她也会给你们做的。”

“谢谢。”朱利安说，大家踏上了弯弯曲曲绕着山坡的道路。他们走近的时候，狗们大声吠叫，提米的后颈毛马上竖了起来，它咆哮着。

“是朋友，提米，朋友，”乔治说，“在这里吃午餐，提米。午餐，可能你还能得到一根好骨头。骨头！”

提米听懂了，脖子上的毛又平顺下来，停止了咆哮。它对还隔着一段距离，大门附近两条疑心地嗅着它的气味的狗，友好地摇着尾巴。

一个男人跟他们打招呼。“你们这些孩子想要什么？小心那些狗！”

“我们想知道是否能在这儿吃上一顿饭！”朱利安喊道，“下边那个村子的一个小女孩说我们可能吃得上。”

“我问问我妈。”男人说，然后粗门大嗓地对着附近一家农舍高喊，“妈！妈！这里有四个孩子想知道你能不能给他们做顿饭。”

一个眼睛闪亮、双颊红得像苹果的胖老太太出现了。她瞥了一眼大门旁的四个孩子，点点头。“可以。他们看着像正派孩子。叫他们进来，不过最好抓住狗颈圈。”

四人走向农舍，乔治紧紧地拉着提米。另外两条狗走上来，由于提米盼着一根骨头，因此它下定决心保持友好，哪怕那两条狗疑心地低吼，它也一声不吭。它摇着尾巴，舌头吊在外面。

那两条狗很快摇起了尾巴，这时便可放心地放开提米了。它朝它们蹦跳过去，乔治叫它的时候，三条狗正畅快地玩着追逐打滚的游戏呢。

“进来吧，”胖乎乎的老夫人说，“现在我们有什么你们就得吃什么了。今天我很忙，没时间煮饭。你们可以来点肉饼，或者一两片火腿和牛舌，或者水煮蛋和沙拉。上帝保佑，你们看起来乐坏了！我把这一大

堆全放在桌上，你们自取自用，这样行吗？不过没有新鲜蔬菜了，你们得将就着吃腌白菜和我自己腌的醋泡洋葱和甜菜根了。”

“听起来好得无法用言语形容，”朱利安说，“吃了这些，我们都不需要任何甜点了！”

“今天没有布丁，”老夫人说，“但我会开一两瓶自制山莓酱，要是你们喜欢，可以来些奶油山莓酱，还有我昨天做的奶油干酪。”

“别再说下去了！”狄克乞求道，“这让我感觉饿极了。为什么农场的人总有最美味的食物？我的意思是，城里人真的会自制山莓酱、自腌洋葱，还自己做奶油干酪吗？”

“嗯，他们要么不会，要么不想，”乔治说，“这些事我妈全做，哪怕她生活在城里。对了，等我长大了，也要这么做。有人来吃饭，能提供大量自制的东西，肯定很美妙！”

一顿丰盛的早餐之后，任何孩子还能像这四个一样一餐吃那么多，需要非凡的想象力。提米也饱餐了一顿，然后舒口气俯下身子。它多希望能住在这农舍里啊！那两条狗是多么幸运！

他们吃饭的时候，一个小女孩害羞地走进来。“我

叫梅格，”她说，“我和奶奶一块儿住。你们叫什么名字？”

他们告诉了她，然后朱利安冒出一个想法。“我们在你们这片高沼地徒步旅行，”他说，“我们已经去了很多美丽的地方，但有个地方还没去。你知道这个地方吗？它叫两棵树。”

小女孩摇摇头。“奶奶会知道，”她说，“奶奶！两棵树在哪里？”

老夫人从门口看进来。“什么？两棵树？哦，那曾经是个很可爱的地方，但现在破败了。它建在荒野中央一个奇怪的深颜色的湖边。让我想想，它叫什么名字来着？”

“深色湖？”狄克说。

“是的！就是它了，深色湖。”老夫人说，“你们想去那儿？那就要小心了，那一带是沼泽地，在你觉得最没事的时候，就碰上了！哦，你们还要什么吗？”

“不了，谢谢。”朱利安不无遗憾地说，然后付了价格非常适中的账单，“这是我们吃过的最好的午餐。现在我们得离开了。”

“希望是动身去往两棵树和深色湖！”乔治低声对狄克说，“那就太激动人心了。”

想想吧

1. 那个警察为什么不喜欢孩子？
2. 逃犯被抓住了吗？
3. 那个警察是如何处理朱利安他们的报告的？
4. 两棵树是个什么样的地方？

第十一章　朱利安的点子

一到农舍外面，朱利安便环顾其他三人。“我们得知道两棵树有多远，看有没有时间去那儿一趟，”他说，“要是有时间的话，我们就过去侦察侦察。要是没有的话，就明天去。”

“我们怎么知道它有多远？”狄克急切地说，“它在你的地图上吗？”

“要是湖够大的话，可能会标示出来。”朱利安说。他们走下山，又踏上一条穿过荒野的小路。一旦来到无人看得见和听得到他们的地方，朱利安便停下脚步，拿出他的大地图。他打开地图，铺展在帚石楠上的时候，四个人都俯身细看。

“那个善良的老夫人说它在荒野中央，”朱利安说，“我们还知道有个湖，或者至少是大水塘之类的。”

他的手指在地图上这儿那儿地追溯着，然后乔治

叫了一声，手指轻快地点下去。

“这儿，看！它其实不在中央。看，深色湖！肯定是它了。两棵树也标出来了吗？”

“没有，”朱利安说，“要是它变成废墟了，或许就不会标出来了。废墟是不会标在地图上的，除非它在某些方面很重要。这个地方不重要。唔，深色湖确定无疑是标示在这里了。你们有何建议？我们今天下午去那儿试试看？我想知道它到底有多远。”

“我们可以去邮局问问，”乔治说，“也许从前邮递员得上那儿拿信，他们可能知道。他们可以告诉我们去那儿的路。”

他们走回村子，找到邮局。它设在村子的商店里，管店的老头子从眼镜上端看着孩子们。

“深色湖！你们现在想去那儿干什么？真是个糟糕的地方，以前挺好的。”

“发生了什么事？”狄克问。

“那里被烧了，”老头子说，“房主出门了，只有几个仆人在那儿。一天晚上，火光冲天，没人知道怎么着火的或者为什么着火了——烧到差不多只剩房架子了。你知道，没办法把消防车开到那儿，只有一条马车道通到那地方。”

“它就没有重建吗？”朱利安问。老头子摇摇头。

“没有。不值得重建。房主就任由它败落成架子和废墟。现在寒鸦和猫头鹰在那里筑巢，野生动物在废墟里蜷伏。它是个古怪的地方。我有一次去看它，听人传说看到那里有灯光，但除了房架子，还有深蓝的湖水，没什么可看的。啊，‘深色湖’对那个湖来说，真是个好名字！”

“你能不能告诉我们路怎么走？去那里需要多长时间？”朱利安问。

“你们为何想去凝望一座可怜的废墟呢？”老头子说，“还是说你们想去湖里泡澡？唔，你们别这么做，它冰冷刺骨！”

“我们只是想去看看深色湖，”朱利安说，“这么奇怪的名字。你说了是哪条路吗？”

“没说，”老人说，“但要是你们这么执着于此的话，我会告诉你们。你的地图在哪里？是你手中的那个吗？”

朱利安把它铺开。老人从他背心口袋里拿出一支钢笔，开始追溯荒野上的一条小路，这里那里地打上圈圈。

“看到这些圈圈了吗？它们是沼泽地的标记，不要

去那里行走，否则你们会陷入泥泞中，高到膝盖！你们沿着这些我用墨迹加描的小路走，便会没事的。注意张望野鹿——那一带有很多，而且它们也很漂亮。”

“太感谢了，”朱利安边折地图边说，“从这儿到那里要多久？”

“两个多小时吧，”老人说，“今天下午就别去了，你们往回走天已经黑了，加上危险的沼泽，你们一路都有危险！”

“好的，”朱利安说，“非常感谢。呃，天气这么好，我们想去野营。你能租给我们一两张防潮布和一些毯子吗？”

另外三人惊奇地瞪着他。野营？在哪儿？为什么？朱利安突然想到了什么？

朱利安朝他们使眼色。老人在一个壁橱里翻找，拉出来两张大大的橡皮防潮布和四块老旧的毯子。“就想着把它们放在某个地方了！”他说，“嗯，好在十月野营的是你们而不是我！小心别得了重感冒！”

“噢，谢谢，正是我们想要的东西。”朱利安高兴地说，“你们把它们卷起来啊，我来结账。”

狄克、安和乔治惊讶地折起防潮布和毯子。朱利安不是真的想在深色湖边野营吧？他一定认为狄克收

到的信息非常重要！

“朱利安！”他们一出来，狄克便说，“怎么啦？这都是为了什么？”

朱利安看起来有点局促不安。“哦，在店里突然想到了一点事，”他说，“我突然感觉我们该去深色湖侦察侦察。不知怎的我感到激动。因为我们时间不多，我想要是我们拿些东西在废墟里野营，可能会更好地利用这几天的时间。“

“好主意！”乔治说，“你的意思是，不再继续徒步旅行？”

“哦，”朱利安说，“如果我们什么也没发现，当然可以继续旅行，但要是有什么趣事，那就由我们来发掘。我很肯定两棵树那里有事发生。”

“我们可能会在那儿遇到玛吉！”安哧哧地笑着说。

“有可能！”朱利安说，“看到我们向警察报告，却被不屑一顾，我觉得我们可以自己自由地去做一番调查。除了玛吉，应该有人来跟进那口信！”

“亲爱的玛吉，”狄克说，“我想知道在这广阔的世界里她究竟是谁！”

“如果她是犯人的朋友，那就是值得当心的人，”朱利安头脑更为清醒地说，“听着，这是我认为我们要

做的事：多买一些食物，今天下午去深色湖，天黑前到达那里。找个不错的地方安身——旧址里肯定有些好地点，弄些帚石楠和干蕨菜当床，然后明天我们就能天一亮便起来，早早地去看看周围了。”

“听起来好极了，”狄克高兴地说，“是我们喜欢做的那类事。提姆，你说呢？”

“汪汪。”提姆庄重地叫着，尾巴来回扫着狄克的腿。

“如果我们发现绝对没有什么有意思的事，嗯，我们就带着租来的东西回到这里，继续旅行，”朱利安说，“但我们得在那儿过夜，因为等我们到那儿的时候，天已经黑了。”

他们买了些长条面包、黄油、罐装肉和一大块水果蛋糕，又买了些巧克力和饼干，朱利安还买了一瓶橘汁。

“那里肯定有口井，”他说，“或者泉水之类的。我们口渴的时候，可以稀释橘汁解渴。现在我认为我们准备好了，出发！”

他们没办法走得像平时那么快，因为他们带着这么多东西。只有提米跑得和往常一样快，因为除了自己，它什么也没带！

行走在荒野上，真是太爽了。他们爬得相当高，极目远望秋天乡野的绝妙风景。他们又看到了野马，这次离得很远，还看到了一小群梅花鹿，它们看到他们，便立刻飞快地跑开了。

朱利安极其细心地选择正确的道路——邮局老头子在地图上仔细勾画出来的那些路。“我想他非常熟悉这线路，因为他曾是邮递员，得将信拿去两棵树！”狄克弓身看着地图说，“朱，我们干得不错——还有一半路程！”

太阳开始西沉。孩子们努力快走，因为一旦太阳落下，黑暗就会跟着到来。幸运的是，天空万里无云，这样暮色会比头天更晚些降临。

“根据地图，这一片沼泽地似乎很快就要让位于有点儿树木的地带，”朱利安说，“注意看树丛。”

又走过一小片沼泽地，朱利安指向右边。“看！”他说，“树！挺多的——一片像模像样的小树林！”

“那边不是水吗？”安说。他们一动不动地站着，使劲凝望。它是不是深色湖呢？可能是。看上去是这样一种深蓝色。他们士气高涨地疾行。现在看起来不是很远了。提米跑在前面，长尾巴在空中摆动。

他们沿着一条弯曲的小路，走到一条长满了杂草

的马车道——杂草丛生，差不多都不像马路了。“这路肯定通到两棵树，”朱利安说，“希望太阳不要落得这么快，我们快没时间看清周围了！”

他们进入一片树林，马路蜿蜒穿行其中。在某个时候，树木肯定被清理过，以便开辟出一条道路穿过林子。然后，相当突然地，他们来到了曾经被叫作两棵树的可爱的房子处。

它是一片孤零零的废墟，被火烧黑烤焦了。窗子没有玻璃，屋顶荡然无存，只有这儿那儿遗留下几根房梁。孩子们走近时，两只鸟高声惊叫着腾空而起。

“两个玛吉[①]！”安大笑一声说。它们是黑白两色的喜鹊，长长的尾巴在身后伸展开来。“我想知道它们是否也知道口信。”

房子矗立在湖边。深色湖确实恰如其名。它铺展开来，平滑幽暗，是一种奇怪的深蓝色，湖边不见一丝水纹，静止得像冻住了一般。

“我不喜欢它，”安说，“我根本不喜欢这个地方！希望我们没来就好了！”

① 英语俚语中，喜鹊（magpie）的名字也叫玛吉（Maggie）。——译者注

想 想 吧

1. 两棵树和深色湖在地图上都有标示出来吗？

2. 孩子们找谁来告诉他们去往深色湖的路？

3. 为什么朱利安想到去深色湖那里野营？

4. 孩子们在去往深色湖的路上看到了什么动物？

第十二章　两棵树的藏身处

没谁特别喜欢这个地方。他们四下环顾，朱利安默不作声地指向某个东西。房子两端各有一棵被烧焦的大树的粗壮树干。

“那肯定是这地方因此得名的两棵树，”朱利安说，“它们现在看起来多么可怕，这么僵硬和焦黑。两棵树和深色湖，如今都这么寂寞和荒凉了。”

太阳消失了，空气中浸出一丝寒意，朱利安突然忙碌起来。“快点，我们得看看这座废墟里究竟有没有容身之处！”

他们走向沉寂的房子。上面的楼层全烧掉了，底层状况也非常糟糕，但朱利安认为有可能找到一个可供遮风挡雨的角落。

“这地方可能还行，”他从一个烧黑的房间出来，招呼其他人过去，说，“地板上甚至还有发霉的地毯！

还有一张大桌子。要是下雨的话，我们可以睡在桌下——我认为不会下雨的！”

“多么恐怖的房间！”安四下看看，说，“我也不喜欢它的气味。我不想睡在这儿。”

“嗯，那就找找别的地方，但得快点，”朱利安说，“很快就要天黑了。趁天太黑之前，我马上去收集帚石楠和干蕨菜。狄克和乔治，你们也来？”

三人出去了，随后抱着一大堆帚石楠和棕色的干蕨菜回来，安迎上去，看起来很兴奋。

“我发现了某个地方，比这恐怖的房间好得多的地方。过来看看。”

她带他们去到曾经是厨房的地方。房间尽头有扇平躺在地板上的门，一节石头楼梯通往下面。

“这会通到地窖，”安说，“我进到这里，看到那扇门。它是锁着的，我打不开。嗯，我拽啊拽啊，整个门从生锈的旧铰链上脱落了，摔倒下来，差点压着了我！接着我看到下边有地窖！”

她恳切地盯着朱利安。“地窖是干的，不像别处那样被烧得黑乎乎的，我们会被庇护得很好。我们不能睡在那儿吗？我不喜欢这些被烧得恐怖难看的房间。”

“这是一个点子。”朱利安说。他打开电筒，让光

束照亮下面的地窖。它似乎很宽敞，气味也还行。

他走下阶梯，提米就在他前面一点儿。他惊奇地朝上面呼喊。

“这儿有个挺像样的房间，四周全是地下室。也许它曾是员工们的客厅，还有电线呢，他们肯定有自己的发电机。好的，我们肯定要下这儿来休息了。”

它是很奇怪的一个小房间，虫蛀的地毯铺在地上，摆设也被虫蛀了，覆盖着灰尘。蜘蛛到处结网，长长的蛛网悬吊下来，碰到乔治的脸，吓了她一跳，她一阵猛挥猛打。

“架子上的烛台里还有蜡烛呢！”狄克惊讶地说，“天黑时我们可以点亮它们，得到一点儿照明。这里根本不算差。我得说我同意安的意见，那些烧焦的房间是有某种让人讨厌的感觉。”

他们将帚石楠和干蕨菜堆在地窖的地板上。家具如此陈旧，被虫蛀得厉害，以至于承受不了他们的重量，无法坐在上面，不过桌子还行，乔治把灰尘擦干净后，他们很快在上面摆上了食物。她这么猛力地除尘，害得其他人一阵阵窒息！他们都被赶到厨房里，直到尘埃落定。

现在外面天已黑了，月亮还没升起，四周树上残

留的干叶在风中沙沙作响，但听不到湖水轻拍的声音。那湖像玻璃一样纹丝不动。

地窖里有个橱柜，朱利安打开看里面有什么东西。“更多的蜡烛——好！”他拿出来一束，说，“还有碟子和杯子。有谁看到外面有井吗？要是有的话，我们可以稀释一些橘汁，晚餐时可以喝点东西。”

没有人注意到是否有井，但安突然想起在厨房角落靠近洗涤槽的地方，她看到过一个奇怪的东西。

“我相信我看到那儿有个水泵！”她说，“朱，去看看。要是有的话，或许它还能使用。”

他拿着一根蜡烛走上地窖阶梯。是的，安是对的，角落里有个老旧的水泵。它可能是用来把水送进水槽的，然后水才会从厨房的水龙头里流出来。

他拧开大洗涤槽上的大水龙头，接着抓住水泵的手柄使劲地上下用力。哗啦！哗啦！水从大水龙头里喷涌而出，溅入洗涤槽里！太好了。

朱利安摇啊摇啊，感觉最好把这么多年来积在水槽里的水全弄出来。水槽可能很脏或者生锈了，他必须用大量泵出来的水先将它洗一遍。

水似乎干净和清澈了，而且绝对冷得像冰水一样！朱利安握住一个从地窖橱柜里拿来的杯子，放在

水龙头下，然后尝了尝水，味道清冽甘美。

“干得好，安！”他喊道，拿着一杯水走下地窖阶梯，“狄克，在橱柜里找些杯子，或者罐子或者别的什么，把它们洗干净，装水来冲橘汁。”

朱利安走下阶梯时，地窖看起来很令人欢欣鼓舞。乔治和安又多点了六根蜡烛，将它们零散地插在四处，蜡烛散发出令人愉快的光，而且也使房间温暖了一点。

“嗯，我认为和往常一样，大家都想吃饭了？”朱利安说，“好在我们买了面包、罐装肉还有其他东西。我不能说我像吃早餐时那么饿，不过正朝那个方向发展。”

四人围着蹲坐在帚石楠和干蕨菜铺成的床上。虽然地板似乎并不潮湿，但他们先头已经放好了防潮布，以防万一。他们一边吃面包、黄油、罐装肉，一边商讨计划。他们当晚要睡在那里，然后第二天一整天仔细察看两棵树和湖泊。

“我们究竟要寻找什么呢？”安问，“朱利安，你认为这地方藏着秘密吗？”

“是的，”朱利安说，“而且我认为我知道是什么秘密！”

“什么秘密？”乔治和安惊讶地问。狄克认为他知道。朱利安解释道：

“嗯，我们知道一个叫内勒的犯人通过他逃跑的朋友给两个人捎去一条重要的信息——一个是邋遢狄克，但他没收到；另外一个是玛吉，不管此人是谁吧。他想告诉他们什么秘密呢？”

“我想我猜得到，”狄克说，“不过你继续说下去吧。”

“现在设想一下，内勒犯下重大抢劫罪，”朱利安说，“我不知道抢劫了什么，可能是珠宝，因为它们是重犯最常入手的东西。好吧，他犯了重大抢劫罪，把东西藏了起来，直到追查风声结束。但他被抓入狱了，要被关好些年，可他没有招供东西藏在哪儿！他甚至不敢给他监狱外的朋友写信，告诉他们东西在哪里。在信件发出之前，他所有的信都要被检查过。因此他会做什么呢？”

“等待有人逃跑，然后让他捎信，”狄克说，“那正是已经发生的事情，对吧，朱利安？我看到的那个圆头男人是逃犯，他受托来告诉邋遢狄克和玛吉赃物藏在哪儿，这样他们就能比其他人抢先得到它们！”

“是的。我相信是这样，”朱利安说，“他的朋友，那个逃犯，可能根本不明白口信的意思，但是邋遢狄

克和玛吉明白，因为他们知晓抢劫这整个事件。现在玛吉肯定要尽力寻找东西藏匿的地点了。”

“哦，我们得先找到它！”乔治说，眼里闪着激动的光，“不管怎么说，是我们先到这里的。明天，我们尽早开始四处寻找。狄克，口信里下一条线索是什么？两棵树和深色湖之后。”

“野姑娘简妮。”狄克说。

“这线索听起来有点蠢，”安说，“你们认为玛吉和简妮都包括在这个秘密中吗？”

“我觉得野姑娘简妮听起来更像一条船的名字。”狄克说。

“理当是这样！”乔治说，“一条船！为什么不？这里有个湖，我想人们在湖边起房子，不会想不到划船、游泳和钓鱼。我打赌明天我们会发现一条叫作野姑娘简妮的船——赃物应该在船里。”

“太容易了吧！”狄克说，“而且那不是一个藏东西的好地方。任何人都会碰到藏在船里的物品。不，野姑娘简妮只是一条线索，但我们不会在那里找到赃物。记住，还有那张纸呢，我认为，它肯定也和藏赃物的地点有关。”

“纸在哪儿？”朱利安问，“那个讨厌的警察！他

把它撕了。狄克，你还留着碎片吗？”

“当然啦。”狄克说，他伸手进口袋里摸找，掏出碎纸，“四张小纸片！谁有胶纸？”

没人有，但乔治拿出一卷护创胶布。他们把它割成一条条的，粘在四张纸背后，拼接起来，它又完整了。他们都仔细地查看它。

“看，画了四条线，在中心会合，”朱利安说，“每条线末的外边都有一个词，写得很淡，我几乎看不清楚。这个是什么？‘托科山’。下一个是‘尖顶’，其他的是什么？”

他们最终把它们辨认出来了。“烟囱，”安说，“这是第三个。”

“‘高石’是第四个，”乔治说，“它们都是什么意思？我们永远、永远都发现不了！”

“先睡觉再说吧，”朱利安高兴地说，“很奇妙，好点子常在夜里光临。明天它会是个需要解决的有趣的小问题！”

想想吧

1. 是谁发现了地窖？

2. 孩子们是如何得到饮用水的？

3. 孩子们用什么材料铺成床？

4. 两棵树和深色湖这个地方藏着什么秘密？

第十三章　地窖里过夜

那张纸被小心翼翼地折好，这次由朱利安保管。“我想不出它的意思，但显然它非常重要，”他说，“我们可能会突然遇到什么，或者想到什么，那会给我们提供线索去理解纸上那些单词和线条的意思。”

“我们可别忘了亲爱的玛吉也有一份这样的纸，”狄克说，“她可能比我们更懂其中的含义！”

“要是她懂，她也会来两棵树，”安说，“我们应该当心她。如果我们看见她了，要躲起来吗？”

朱利安仔细地考虑这个问题。“不，”他说，“我认为我们不该躲起来。玛吉不可能猜出我们收到了内勒的口信，还有那张纸。我们最好只说我们是在徒步旅行，发现了这个地方，想在这里暂时安身。所说完全属实。”

“我们就能观察她的一举一动，要是她来了，看她

做些什么！”狄克咧嘴笑道，“她不会很恼怒吧！”

“她不会自个儿来的，”朱利安若有所思地说，“我认为很有可能她和邋遢狄克一块儿来！他没有收到信息，但她收到了——可能她收到的信息有一部分是说邋遢狄克也详知此事，这样她就会和他联系。”

“是的，然后惊讶地发现他并没有收到口信或纸条，”乔治说，“不过，他们会以为那个逃犯没法联系上邋遢狄克。”

“这一切太复杂了，”安打着哈欠说，“我再也跟不上任何论据或解释了——我已是半睡半醒了。你们还要多久才静下来？”

狄克也打起了哈欠。“我就来，”他说，“我的帚石楠和干蕨菜床看起来很诱人。这里根本不冷，是吧？”

“我唯一不喜欢的，就是想到这间小地下室上面的房间，”安说，“我不断地想到玛吉和她的朋友可能在那儿，等我们睡觉的时候便猛扑上来。”

“你傻啊，”乔治轻蔑地说，“确实太傻了！你真的认为要是有人在那些房间里，提米会安静地躺在这儿吗？你一定知道它会狂声大叫的！”

“是啊，我知道，”安说，舒服地蜷身在她的帚石

楠床上，“那只是我的想象。乔治，你没有想象，所以你不会受想象出来的恐惧干扰。有提米在这里，我并不真的害怕，但我确实觉得每次我们大家在一起，便会陷入莫名其妙的怪事里，实在很有意思。”

“奇遇确实总是发生在某些人身上，”狄克说，“你只要读读冒险家们的人生故事，便会看到他们如何总是就那么步入一个个奇遇的。”

“是啊，但我不是冒险家，”安说，“我是一个普通人，要是事情不老是发生在我身上，我就很高兴了。”

其他人都笑了起来。“我不认为这次会有太多的事情发生，”朱利安安慰地说，“我们星期二返校，那并不遥远。没时间让任何事情发生！”

当然，他错了。几分钟之内，事情可以一件接一件地发生！不过，安蜷着身子，感觉幸福了许多。这比她昨晚独自待在那恐怖的小阁楼上好多了，现在她有其他人陪伴，还有提米。

安和乔治共享一张大床，她俩将两块毯子盖在身上，还把她们的夹克也压在上面。大家都和衣而睡，因为朱利安说只穿睡衣的话，可能太冷了。

提米和往常一样，睡在乔治的脚边。她把脚抽开，因为它太重了。它蠕动着到床上来，在两位姑娘的膝

盖间找到一处非常舒服的位置，重重地舒了口气。

“那意味着它打算睡觉了！”乔治说，“安，你感觉舒服吗？”

“是的，”安睡意蒙眬地说，“我喜欢提米在那儿。我感觉安全了！”

朱利安吹灭蜡烛，只留一支亮着，然后钻进干蕨菜和帚石楠铺成的床，躺在狄克旁边。他也感到累了。

除了提米晚上起来一两次，四处探究地嗅嗅，四个人睡得跟木头一样，一动不动。它听到周边地下室里有个声音，便站在通往地下室的关闭着的门前仔细倾听，头歪向一边。

它往缝隙里嗅嗅，然后满意地走回床边。那只是一只癞蛤蟆！提米懂得癞蛤蟆的气味，要是癞蛤蟆想在夜里四处爬行，欢迎！

它第二次醒来，以为听到上面厨房有声响。它轻轻地爬上楼梯，行动的时候爪子发出喀哩、喀哩、喀哩声。它静静地站在厨房里，月光照在身上，它的眼睛闪着绿灯一样的光。

一只有条毛茸茸尾巴的动物赶紧溜到屋外。是只漂亮的狐狸，它闻到废墟附近有不同寻常的气味——

人的气味和狗的气味，所以过来看看发生了什么事。

它溜进厨房，接着闻到下面房间里提米浓重的气味。像猫一般轻柔地，它又溜了出去——但提米已经醒啦！

现在狗站着留神观察和等待，但狐狸已经走了！提米嗅着它的气味，轻轻地走到门口，思想进行着激烈的斗争：要不要吠叫并追逐那只狐狸呢？

气味变得越来越淡薄，提米决定不要大惊小怪了，它回到通往地窖的阶梯，又在乔治的脚边蜷曲起来。它太重了，但乔治困得醒不过来，没有把它推开。提米竖起一只耳朵躺了一会儿，然后又睡过去了，耳朵仍然竖着。它真是一个好哨兵！

当那支蜡烛熄灭时，地窖里一团漆黑。没有日光把下面那间小暗房里的孩子们唤醒，他们睡到很晚。

朱利安第一个醒来。他突然觉得床很硬，翻身想找个舒服的位置。在重力之下，他的帚石楠和干蕨菜床已经被压平了，下面的地板真的很硬！这个动作把他弄醒了，他在黑暗中躺着眨眼睛。他这是在哪儿呢？

他马上想起来了，坐了起来。狄克也醒了，打着哈欠。“狄克！八点半了！！”朱利安看着他手表上的

朱利安吹灭蜡烛，只留一支亮着……

夜光指针说，“我们睡了好多个小时！”

他们从帚石楠床上起身，提米从乔治的脚边蹦起，走到他们身边，尾巴高兴地摇摆着。它已经半睡半醒很长时间了，很高兴看到朱利安和狄克也醒了，因为它口很渴。

女孩们醒来了。很快便是一片嘈杂和忙活。安和乔治到大石头洗涤槽洗漱，水冷得使她们尖叫起来。提米高兴地舔食一大碗水。男孩们争论着要不要去湖里戏水，他们感觉身上很脏。

狄克对这个想法不寒而栗。“不过，我还是觉得该去，”他说，“朱，来吧！”

两位男孩走到湖边，跳了进去。冷得像冰！他俩使劲游了出去，回来时容光焕发，大声嚷嚷。

他俩回来时，女孩们已经在地窖里准备好了早餐。那里光线比厨房暗，但他们都不喜欢上面被烧焦的房间的样子。面包、黄油、罐装肉、蛋糕和巧克力，都被愉快地吞下肚了。

饭吃到一半的时候，一个声音在老房子里回荡——钟声！安停止了咀嚼，心跳得飞快。

但那不是她之前听到的当当作响的警告钟声。

“教堂的钟声，”看到安突然大惊失色的样子，朱

利安马上说道，“我一直认为这声音很动听！”

“哦，是的，”安感激地说，“确实动听。今天是星期天，人们要去教堂。我也想去，在这个可爱晴朗的十月的日子。”

“要是你想去的话，我们可以穿过荒野，去最近的村庄，”狄克看着表说，“但我们会到得很晚。”

大家都认为太晚了。他们把盘子推到一边，商量着当天要做些什么。

“第一件事，当然是去看看有没有船库，是不是有条叫作‘野姑娘简妮’的船，”朱利安说，“然后我们最好试着推测出那个计划是什么意思。我们可以到处游荡，看能不能找到‘高石’。我会查阅地图，看‘托科山’有没有标示出来。那也在计划之中，对吧？”

“我们整理清洗的时候，你们男孩子再去拿些帚石楠和干蕨菜回来吧，”安说，“如果你们的意思是，我们还要在这儿野营一个晚上的话。”

“是的，我想我们还得这样，”朱利安说，“我认为这个周末我们会在这里发现相当有趣的事情！”

朱利安和狄克出去了，带回一大堆就寝用垫。每个人都抱怨头晚使用的帚石楠和干蕨菜分量不够，硬地板穿透过来，可怜的乔治身子都僵硬了。

女孩们把脏东西拿到上面的大洗涤槽里清洗，没有可供晾晒的东西，但没关系，她们将它们摊在老旧的滴水板上晾干。

她们用手帕擦干手，觉得准备就绪，可以去探索外界了。男孩们也准备好了。

他们走向湖边，提米四处蹦跶。曾经有条小径通到湖边的，路两旁各有一堵矮墙，但如今墙已残破，苔藓到处蔓延，小径被一簇簇帚石楠，甚至小丛的金雀花堵塞了。

湖水一如既往地水波不兴，幽暗深沉，看到有人到来，一群黑水鸡咯咯叫着飞快地穿过水面，消失于水下。

“哎，船库呢？”最后狄克说，“有，还是没有？”

想想吧

1. 朱利安认为玛吉会独自来两棵树吗?
2. 安喜欢奇遇发生在自己身上吗?
3. 提米晚上起来看到了什么动物?
4. 最后大家去教堂了吗?

第十四章 野姑娘简妮在哪儿?

他们尽量靠近湖边走，这并不容易，因为灌木丛和树木一直生长到湖水边缘，好像根本就没有什么船库。

然后乔治来到一条从湖边流出的小回水处。“看！”她喊道，“这儿有从湖里流出的水，有点像河。”

“这不是河，只是一点儿回水，”狄克说，“现在我们可能会在这儿某个地方发现一座船库。”

他们沿着回水走了一小段路，然后朱利安一声大叫:“在那儿！不过藤蔓和荆棘把它覆盖得很严实，差不多都看不出来了！“

他们都朝他指的方向望去，看到了一座长而低矮的建筑，正好横跨过回水，回水在那里变窄了，流到了尽头。它长满了杂草，几乎看不出是一座建筑。

“就是它！”狄克高兴地说，“现在轮到野姑娘简

妮了！”

他们勉力穿过灌木和荆棘，到了建筑的入口处。它的前身在水上，完全张开，必须从前面才能进入库里。船库里面有个绕壁而行的宽平的构架，从外面岸边通向它的阶梯全坏掉了，腐朽不堪。

“得小心地踩上去，”朱利安说，“我先来。”

他试了试老木头梯子，它们在他脚下马上断裂了。“不行！”他说，“看看有没有进入船库的其他办法。”

没有——除了有一面墙，一些用于建造船库墙壁的木板腐烂得厉害，很容易被抽掉而打开缺口。男孩们将木板拉倒，然后朱利安挤过缺口，进入黑暗、发霉的船库。

他发现自己站在绕行于大棚子里的宽平的构架上，下面是幽暗、平静的水潭，水面上连一丝波纹都没有。他朝其他人喊道：

“快进来！这里有个木头构架，几乎没有腐烂的迹象，可以站在上面。肯定是用更好的木头做成的。”

他们都穿过缺口，站在构架上向下凝望。他们的眼睛得先适应黑暗，因为里面唯一的光来自远处另外一端的宽大入口，而那也被大串从屋顶垂向水面的藤蔓和其他攀缘植物遮挡了。

“这里有船！”狄克激动地说，“系在木桩上。看，我们下面就有一条。希望其中一条是野姑娘简妮！”

一共有三条船，两条船半船是水，船头直往下沉。“船身肯定有洞。”朱利安说，同时仔细察看周围。他已经把电筒拿出来了，在老船库里四处照照。

船桨靠墙系好，搁板上还有一大堆脏乎乎烂糊的东西，可能是烂掉的垫子吧。一个角落里立着个船钩，卷绕好的绳子置于一个架子上。这景象阴暗又凄凉，安不喜欢他们的声音在潮湿、空寂的船库里的奇怪回响。

“看有没有叫野姑娘简妮的船。”狄克说。他将手电筒朝最近的一条船照去，船名几乎消失殆尽了。

“它叫什么？”狄克说，试图破解褪色的字母，“快乐什么的。”

“梅格！”安说，“乐天派梅格。嗯，她可能是野姑娘简妮的姐妹吧。下一条船的名字是什么？”

电筒稳定地照在船上。这个名字比较容易辨认，他们马上念出声来了。

“冒失鬼查理！”

“乐天派梅格的兄弟！”狄克说，“哦，我能说的是，这些可怜的老船看上去什么都像，就是不像乐天

派和冒失鬼。”

“我肯定最后那条船必是野姑娘简妮！”安激动地说，“真希望就是！”

他们沿着宽平的构架走，努力辨认那边那条半沉的船上的名字。“第一个字母是C，”乔治失望地说，“我肯定它是C。”

朱利安掏出手帕，蘸蘸水，擦拭着名字，想把它弄干净，便于辨认。

接着就辨认出来了，但不是野姑娘简妮！

“胆小鬼卡丽！”四人沮丧地念道，“哎呀！”

“乐天派梅格、冒失鬼查理、胆小鬼卡丽，”朱利安说，“唔，很明显，野姑娘简妮属于这里的船只家族，但在哪儿，她在哪儿呢？”

“沉下去看不见了？”狄克猜测道。

“我不认为是这样，”朱利安说，“这船库里的水相当浅。你看，它正处于小回水的最末端，我想我们应该能看到沉到水底的船。借着电筒的光线，我们能很清楚地看到回水的沙底。”

仅仅为了确定起见，他们小心地绕着宽平的木构架走了一圈，用电筒照向充盈船库的水面。根本看不到完全沉没的船只。

“嗯，就这样吧，”狄克说，“野姑娘简妮不见了。在哪儿？为什么？什么时候不见的？”

他们又用电筒绕着船库的墙照了一遍。乔治看到船库一边的构架上，竖立着一个扁平木制的大东西。

“那是什么？”她说，“哦，一个木筏，对吧？那么，搁板上的那些船桨，就是用来划木筏的啰。”

他们走过去仔细地检查木筏。“是的，而且状况相当好，”朱利安说，“试试看它能不能在水上载着我们，会很有意思。”

“噢，太好啦！”安十分兴奋地说，“那就太妙了。我一直喜欢木筏，我更想试试那个木筏，而不是那些船。”

“嗯，只有一条船或许可用，”朱利安说，“其余的显而易见不行了——船身肯定有很大的洞，才会沉得那么低。”

“为了保险起见，我们要不要仔细检查那些船，看有没有赃物藏在那里？”狄克说。

“你愿意的话就去，”朱利安说，“但我认为是野姑娘简妮藏着赃物，否则何必在口信中提它的名字？”

狄克感觉朱利安是对的，但还是走过去有条不紊地查看了那三条船，不过除了腐烂破裂的垫子和卷起

的绳子之外，船上根本看不到任何东西。

“嗯，野姑娘简妮在哪儿呢？”狄克迷惑地说，“全家都在这里，就缺它了。它会不会藏在湖岸的某个地方？”

“这想法不错！”正在试着移动大木筏的朱利安说，“真是个好主意！我想我们应该绕湖探索一番，看能不能发现野姑娘简妮藏在什么地方。”

“那我们暂且把木筏搁一搁，”乔治说，想到可能会发现野姑娘简妮隐藏在某个地方，所有的赃物都藏在船上，她感到兴奋不已，“我们现在就去！”

他们绕着木构架走到船库那侧他们进入的开口处，跳了下去。提米很高兴地跳下来，它一点儿也不喜欢这个黑暗的船库。它摇着尾巴跑进温暖的阳光之中。

“现在我们该先往湖的哪边走？”安说，“左还是右？”

他们走到静静的湖边，左右望望，两边同样是密密麻麻的灌木。

“很难一直靠近水边行走，”朱利安说，“不管怎么样，我们试试吧。左边看起来容易一点点。走吧！”

刚开始靠着水边走，检查所有的小湾或者查看悬吊的灌木丛下面，还是挺容易的，但走了大约四分之

一英里后，矮树丛变得太密实了，而且长得太靠近水边了，他们要想硬穿过去而不挂烂衣服，是不可能的。

“我放弃！”朱利安最后说，“再过一阵子，我的套头衫就没了！这些可恶的荆棘！我的手都被划成一道道的了。”

“是啊，它们是很可恶！”安说，“我有同感！”

提米是唯一自得其乐的那个，它无法想象四人为何硬要穿过如此密实的矮树丛，但这正是它喜欢的，它感到十分开心。当他们决定停止前进，要往回走时，它很失望。

“你们认为，我们要不要试试湖的右手边？”他们往回走时，朱利安很沮丧地说。

“不，别去了，”安说，“看起来它比这边还糟糕，只会浪费时间。我宁愿划着木筏出去！”

“嗯，比起硬穿过多刺的矮树丛，那绝对是更好的一种探索湖边的办法，对吧？”乔治说，“我们只需慢慢地用桨划船，侧看所有的小湾和悬吊的树木之下，会容易得多！”

“当然啦，”狄克说，“我们太傻了，没早想到这一点。不管怎么说，这是一种消磨下午时光的可爱

方式。”

他们穿过树林，看到远处毁坏的房子。提米突然停下来，粗声出气，其他人也都停下了脚步。

“怎么啦，提米？”乔治低声说，“什么事？”

提米又低吼一声，其他人小心地退到灌木丛后面，朝房子凝神望去。那个方向什么也没看到，好像没人，那提米叫什么呢？

然后一个女人出现在视野之中，还有一个男人和她在一起，他们正兴致勃勃地说着什么。

“玛吉！我敢打赌是玛吉！”朱利安说。

“另外那个是邋遢狄克，”狄克说，“我认得他，是的，是邋遢狄克。”

想想吧

1. 是谁发现了船库？

2. 孩子们是怎么进入船库的？

3. 船库里有几条船，
其中有没有野姑娘简妮？

4. 提米为什么低吼？

第十五章　玛吉，还有邋遢狄克

他们注视着远处的两个人，飞快地思考。朱利安一直期盼他俩的出现，因此并不觉得惊讶。狄克盯着邋遢狄克，认出了这个双肩耸起、头发浓密、身矮体宽的男人，比起在破旧农家看到他时，狄克并没有更喜欢此人的模样！

安和乔治也不喜欢那个女人的模样！她身穿长裤，披着一件夹克，还戴着墨镜，抽着烟。她走得飞快，他们可以听到她说话的声音，声音严厉又坚定。

“那么，这就是玛吉了，”朱利安心想，“唔，我不喜欢她。她看起来像钉子一样硬——不愧是内勒的好伙伴[1]！”

他轻手轻脚地朝其他三人移去。乔治抓着提米的

① 内勒的英文是 Nailer，意思是“制造钉子的人”，因此朱利安这么想。——译者注

颈圈，生怕它暴露自己。

“听好了，”朱利安说，“你们都不动声色！我们只需走到开阔的地方，一块儿有说有笑的，让他们看到我们。如果他们问我们在做什么，你们都知道该说什么吧。想胡说什么都行——敷衍他们，让他们以为我们是无利害关系的一群孩子。要是问到什么主要的问题，就让我来回答。准备好了吗？”

他们点头，然后朱利安大摇大摆地从灌木丛处出来，走到开阔的地方，叫着狄克：“我们又到这里啦——有座房子！哎哟，今天早上它看起来比以往任何时候都糟糕！”

乔治和提米一块儿蹦出来，安跟着，她的心跳得很厉害。对这类事情，她不如其他人那么在行！

看到孩子们，那男人和女人猛然停下脚步，飞快地交谈了几句。男人皱起眉头。

孩子们朝他俩走去，像朱利安指令的那样一直有说有笑。女人厉声叫住他们。

“你们是谁？在这儿干什么？”

“只是徒步旅行，”朱利安停下来说，“我们正放期中假。”

“那你们为什么到这儿来呢？”女人问，“这是私

人领地。”

“哦，不是的，”朱利安说，“这只是一处烧坏的废墟，任何人都可以来。我们想探索这个奇怪的湖，它看起来令人激动。”

男人和女人相互望望。很明显，孩子们探索这个湖的想法令人吃惊，而且使他们恼怒。女人又开口了。

“你们不能探索这个湖，它很危险，在湖里游泳或划船是禁止的。”

“没有人告诉我们这点，”朱利安显得很惊讶地说，“人家告诉我们怎么来到这里，没有说这湖是禁止对外开放的。难道我们被告知的消息是错误的？”

“要知道，我们想观察水鸡，”安突然看到一只浮在水上的水鸡，便插话进来，“我们喜欢大自然。”

“我们还听说这附近有鹿。”乔治说。

“还有野马，”狄克说，“昨天我们看到了一些。它们真的好可爱。你们看到了吗？”

这突如其来的闲谈好像比朱利安的回答更让那男人和女人恼火。男人粗暴地开口说：

“别瞎掰了。这里不许人来。在我们要你们离开之前，赶紧走开！”

“要是不许人来，那为什么你们在这里呢？”朱利安问，声音里透出严厉，“少跟我们这样说话。”

“我说，你们走开！”男人突然大发脾气地高声叫嚷。他向前朝他们走了两三步，看起来真的很吓人。乔治松开紧抓提米项圈的手。

提米也朝前走了两三步。它怒气腾空，发出令人恐惧的咆哮。男人突然驻足，接着折身往回走。

“抓紧那狗的项圈，”他命令道，“它看起来很野蛮。”

“那它看起来就是这个样子，”乔治说，“你在附近时，我不会抓紧它的项圈。想都别想！”

提米又朝前走了两三步，既大义凛然又充满威胁，还大声咆哮。女人马上喊起来。

“好啦，孩子们，我的朋友只是发发脾气而已。叫你们的狗回去。”

“你们在附近时我是不会叫的，”乔治说，“你们要待多久？”

“那关你什么事？”男人粗声大气地说，但没有再说下去，因为提米立刻怒吼着做出了回应。

“我们走吧，去吃点东西，”朱利安大声对其他人说，“说到底，我们和这些人有同等的权利待在这儿，

不需要在意他们，也用不着挡他们的路！”

四人大步前行，提米仍是松开的，走近那讨厌的两个人时，它粗野地狂吠了一两声，他们立刻缩身后退。提米体形庞大，样子十分威风！孩子们走过去时，他俩愤怒地盯着他们，一直看着他们进入那座破烂的房子里。

“提米，站岗。”他们一进来，乔治便指着坏掉的门说。提米马上明白了，站在门口，颈毛竖立，龇牙低吼，一副气势汹汹的模样。孩子们下到地窖，环顾四周，看他们不在的时候，有没有人来过，不过好像东西都没有被动过。

“他们可能都没注意到地窖吧，”朱利安说，“希望还剩下很多面包，我饿了，但愿我们能够享用像昨天那样的一顿午餐！哎哟，玛吉和狄克是多么令人不快的一对啊！”

“是啊，非常令人不快，”狄克说，“我受不了玛吉，刻薄的声音和硬邦邦的面孔，让人大倒胃口。啊呸！”

“我认为邋遢狄克更可恶，”安说，“他身体粗壮，耸肩弓身，看起来像只大猩猩或者什么东西。他干吗不剪剪头发？”

“我想，他就喜欢自己那个样子吧，”乔治一边切割长条面包，一边说，“他该姓毛，或者泰山[①]。我很高兴我们有提米。”

“我也是，”安说，“老朋友提米。它讨厌他俩，对吧？我敢说有提米把守大门，他们绝不会靠近！”

“我想知道他们现在在哪儿，”狄克拿起一大块抹了黄油、夹着罐装肉的面包说，“我去看看。”

他一会儿就回来了。“我认为他们去船库了，”他说，“我只看到他们中的一个人影朝那个方向移动。我想，是去找野姑娘简妮吧。”

“我们坐下来吃东西，谈一谈接下来要做什么，”朱利安说，“还有大家认为他们接下来会做什么！那很重要。他们可能比我们更理解那张纸上的线索，要是我们仔细观察他们的行为，可能会给我们该采取什么行动提供一个指南。”

“对的，”狄克说，“我想对邋遢狄克和玛吉来说，内勒发送的计划，正如口信一样，肯定有其深意。”他嚼着面包，努力思索，再次试图推测出那张神秘的纸条的意思。

① 指虚构的小说形象人猿泰山，他在非洲丛林里由一只猿猴养大。——译者注

“我想，总体来说，今天下午我们还是照最初的计划行事，”一阵静默之后，朱利安说，“我们把木筏弄出来，泛舟湖上，这么做看起来毫无威胁。我们边玩边察看岸边。要是玛吉和狄克也坐船出来，我们还可以观察他们。”

“是啊，好主意，”乔治说，“不管怎么说，这是个美好的下午，我很想乘木筏在湖上荡桨，希望它结实又可靠。”

“当然结实可靠啦，”狄克说，“建造它的木头是使用寿命很长的那种。乔治，把蛋糕递过来——别给提米留着，给它就浪费了。”

“不浪费！”乔治说，“你知道它喜欢蛋糕。”

“知道，但我还是要说留给它就浪费了，”狄克说，“有这么一块巨型蛋糕，真是太好了！还剩有饼干吗？”

“多的是，”安说，“还有巧克力！”

“好，”狄克说，“我只求我们的食物能够维持一段时间。要是乔治像平时一样大胃口，那就没戏了。”

“那你呢？”乔治气愤地说，对狄克每一次随意的戏弄，都做出强烈的反应。

“你们两个闭嘴，”朱利安说，“我要去给水罐装

水，喝点橘汁。给我点东西拿给老提米。”

午餐吃了大概半个小时，然后他们决定去处理船库里的木筏，看它能不能下水到湖里。他们知道，它会很沉。

他们离开老房子，动身前往船库。朱利安突然看到湖上的某个东西。

“看！”他说，“他们已经从船库里弄到一条船。我想，是那条没有半沉的船！邋遢狄克正在使劲地划船呢。我敢说他们是在找野姑娘简妮！”

他们都一动不动地站着看。狄克的心直往下沉。玛吉和邋遢狄克会不会先到那里，找到他和其他三人正在寻找的东西？他们知道野姑娘简妮在哪儿吗？

“快点，”朱利安说，“我们要想观察他们，最好马上行动。他们可能正朝藏着野姑娘简妮的地方划去！”

他们从船库木板墙那面爬进去，去到木筏那里。朱利安立刻看到有条船不见了——乐天派梅格，它是唯一一条适合拿去的船。

四人开始着手处理大木筏，他们把它弄到构架边缘。它的每一面都有可供抓住的绳子拉手。

“现在，轻轻地放手”，朱利安说，“轻轻地放。它

下去了！”

它下去了，水花四溅地降落到水面，在那儿轻轻摇晃。一条结实、可靠的木筏，渴望着驶向湖面！

“去拿船桨，”朱利安说，“然后我们就出发。”

想想吧

1. 孩子们看到的两个人是谁？
2. 邋遢狄克为什么不敢靠近孩子们？
3. 孩子们决定下午去干什么？
4. 孩子们怎么去到湖上？

第十六章　野外乘筏

有四把小船桨，狄克拿来分给每人一把。提米严肃地盯着下面的木筏。那是什么东西？它肯定不曾想到要乘坐那个摇来摆去、漂浮不定的东西！

朱利安已经上了木筏，力图稳住它，好让其他人上来。他帮助安上了木筏，接着乔治也迈步上来，狄克最后——哦，并不是最后，因为提米还没上来呢。

“快点，提姆！”乔治说，“没事的！这不是你习惯的那种船，但道理是一样的。快点，提米！”

提米跳了下来，木筏剧烈地摇摆，安咯咯笑着猛地坐了下来。“噢，亲爱的，提米太突然了！别乱动，提姆，这木筏没有足够的空间让你到处走。”

朱利安推动木筏离开船库，它移动时不断磕碰到木头构架，然后摇摇晃晃地来到外面的回水上，非常顺畅地漂浮于水面上了。

“走吧！”朱利安灵巧地划着桨，说，“狄克，我来掌舵，你们谁都不要划桨，直到我说划时才划。目前我还能划桨和掌控方向，一直到湖面上再说。”

除了提米站着，他们都坐在木筏上，它着迷地看着水这么快地流动。那么这是一条船啰？它习惯于船只，但在船上，水从来没有这么靠近身体。提米将一只爪子伸入水中，水轻轻地挠着它，清凉得令它神怡，它俯下身子，鼻子差不多碰到水了。

“提米，你是一条有趣的狗狗！”安说，“你不会突然站起来，对吧，否则你会让我落水的。”

朱利安顺着小回水划桨而下，木筏摇晃着自然而然地来到了湖上。孩子们举目张望，看有没有玛吉和邋遢狄克的踪影。

“他们在那儿！”朱利安说，“在湖中间，正使劲地划船呢。我们要不要跟着他们？要是他们知道野姑娘简妮在哪儿，他们就会把我们引导到那个地方。”

“是的。跟着他们，”狄克说，“我们现在要不要划桨？我们得快点，否则就看不到他们了。”

他们都使劲地划，木筏突然令人惊恐地晃荡起来。

“嘿，停下！”朱利安大喊，“你们都在相互背道而驰地划，我们正原地打圈呢。狄克和安往一边，乔

治往另外一边，这样好多了。注意我们是如何前进的，要是木筏晃荡打转得厉害，就暂时停止划动。”

他们很快掌握了划桨的方式，木筏笔直地向前挺进了。这真有意思。他们浑身发热，很想把套头衫给脱了。阳光和暖，没有一丝儿风——真是一个完美的十月下午。

“他们停止划船了，”乔治突然说，“他们正在盯着什么东西看——你们认为他们有和我们一样的纸条吗，上面有同样的标记，正在验对它？真希望我能看得见！”

他们都停止了划桨，朝前望着玛吉和邋遢狄克坐着的那条船。他们肯定正在十分仔细地检查什么东西——两人的头凑在了一块儿，但他们太远了，孩子们看不清他们是不是正抓着一张纸。

“快点，我们要尽可能地靠近他们！”朱利安说，又开始划起来，“我想，看到我们这么靠近，他们绝对要发疯了，但我们就是情不自禁！”

他们又使劲地划动起来，终于靠近了船只。提米吠叫着，玛吉和邋遢狄克马上抬头四望，看到了木筏和四个孩子。他俩凶狠地盯着他们。

“你们好！”狄克挥动着船桨，大声喊道，“我们

把木筏弄了出来，它走得很好。你们的船还好吧？”

玛吉的脸都气红了。“未经许可使用木筏，你们会有麻烦的。”她高声大嚷。

“你们把那条船拿去，有没有请求人家的许可呢？”朱利安大声回应，“告诉我们，我们会去请求他们许可使用这个木筏的！”

乔治大笑。玛吉怒目而视，邋遢狄克看起来好像想把船桨砸过来的样子。

“离我们远点！”他喊道，“我们不希望你们这些孩子坏了我们下午的兴致！”

“我们喜欢与人友好相处！”狄克高喊，又把乔治给逗笑了。

玛吉和邋遢狄克气愤地简单交流了几句。他们怒视着木筏，接着玛吉给邋遢狄克一个指令，他又拿起船桨，开始划动起来，看起来十分不服的样子。

“快点，跟上，”朱利安说，于是四人又开始划桨，跟在船后，“现在我们可能会获悉点什么了。”

然而并没有。邋遢狄克划船朝西岸而去，木筏跟上，接着他又划回湖中央，木筏又跟了回来，孩子们气喘吁吁地努力紧跟不落下。

邋遢狄克划过湖中央去往东岸，在那儿停留着等

孩子们过来，接着又划开了。

“锻炼锻炼身体，是吧？”那女人声音刺耳地喊道，“对你们大家有好处！”

船又摇荡到湖中心。狄克呻吟起来：“天哪！我的手臂酸痛得快划不动了。他们在干吗呀？”

“恐怕他们只是在牵引我们做愚蠢而无望的追逐，”朱利安懊恼地说，“他们显然已经下定决心，我们在近旁的时候，他们是不会去寻找野姑娘简妮的——他们只想让我们筋疲力尽！”

“哦，如果这是他们的目的，那我就不玩了！”狄克说，他放下船桨，平躺下去，膝盖支起，大口喘气。

其他人也同样。他们都累坏了。提米充满同情地舔舐每一个人，然后在乔治身上坐下来。她用力将它推开，它差点掉进水里。

“提米！竟然坐在我身子正中！”乔治惊讶又气愤地喊起来，“你这条大笨狗，你！”

提米舔舐她全身上下，震惊于竟被乔治呵斥。她筋疲力尽，没有力气将它推开。

“那船怎么啦？”终于，安问道，“我太累了，没办法坐起来看。”

朱利安呻吟着坐起来。“噢，我的背！现在那可恶的船在哪儿？哦，在那儿，正朝湖那边房子附近的着陆点而去，或者可能是朝船库而去。总之他们目前已经放弃搜寻野姑娘简妮了。”

“谢天谢地，”安说，“或许我们也可以放弃了。无论如何，明天再说！提米，别在我的脖子上呼气了。你要我们做什么，朱利安？”

“我认为我们最好回去，”朱利安说，“现在开始搜查湖岸太晚了。不管怎么说，我莫名其妙地觉得那也没多大用处。船上那两个人并不像要去岸边的样子——除了他们开始戏弄我们，意在让我们耗尽力气！”

“啊，那我们回去吧，”乔治说，“但我得先休息一下。提米，要是你还坐在我腿上，我会把你推下水。”

突然扑通一声，乔治惊慌地坐起来。提米不在木筏上了！

它正在水里游泳呢，看起来怡然自得。

“瞧瞧！它认为与其被推下水，还不如自个儿跳进去呢。”狄克对乔治咧嘴笑道。

“是你把它推下水的！”乔治说，看起来很气愤。

“我没有，”狄克说，“它就是想跳水，现在玩得多

欢呢。我说，用一根绳子绑在它身上，让它把我们拉到岸边，怎么样？省得我们划来划去的。”

乔治正准备发表对这个主意的看法，突然看到狄克狡猾的笑容，她抬腿向他踢去。

“别老是引我上钩，狄克。我等下把你推下水。”

“来试试？”狄克马上说，“来啊。我倒想来场搏斗，看是谁先掉落水中。”

当然啦，乔治总是勇于面对挑战的，她从不妥协畏缩。她马上起身扑到狄克身上，他差点落入水中。

“闭嘴，你们两个！”朱利安生气地说，“我们没有衣服更换，你们知道这一点，而我不想带患有支气管炎或肺炎的你们回去。住手，乔治。”

乔治领会到他声音里的语气，停止了嬉闹。她用手捋过自己短短的卷发，突然咧嘴笑了起来。

“好吧，老师！”她说，顺从地坐了下来，捡起船桨。

朱利安捡起自己的船桨。“我们回去，”他说，“太阳正在西落。十月份，它滑落天空的速度好像尤其引人注目。”

他们把浑身湿淋淋的提米弄上船，开始往回划。安心想这真是一个美丽的黄昏，她边划边梦幻般地凝

望四周。湖是奇妙的深蓝色，他们划动时产生的波纹转为银白色，从木筏边荡漾开来。两只水鸡发出“可略可、可略可”的声音，好奇地绕着木筏游动，头像钟表发条一样摇来摆去。

安的目光越过湖边树木的顶部远望。天空正转换为粉色，远处大概一英里外的高坡上，有个东西引起了她的注意。

它看起来像块高高的石头，她手指向它。“朱利安，看，”她说，“那块石头是什么呀？是边界标记，还是什么？体量肯定十分巨大。”

朱利安朝她指着的地方看去。“在哪儿？”他说，“噢，那个。我想不出它是什么。”

“看起来像块很高的石头。”狄克也看到了它，说。

“一块高高的石头，”安说，思忖着以前在哪里听过，“一块高高的……噢，当然啦！它写在那个计划上，对吧？在给狄克的那张纸上。高石！你们不记得了吗？”

“是的，那就是它了。”狄克饶有兴趣地盯着远处的石碑说，接着木筏向前行进，高大的树木遮挡了石头，它消失不见了。

“高石，”朱利安说，“当然，可能只是一个巧合而

已，不过，需要对它稍加注意。很有意思，我们突然间看到了它。”

“赃物会埋在那里吗？”乔治怀疑地问。朱利安摇摇头。“噢，不会的，”他说，“它可能藏在那张神秘的纸条解释的某个地点。大家使劲划啊！我们确实得回去了。”

想想吧

1. 孩子们为什么要跟随玛吉和邋遢狄克的船?

2. 玛吉和邋遢狄克为什么牵引着孩子们在湖上往东又往西地划船?

3. 有谁落入水中了吗?

4. 安坐在船上欣赏风景时发现了什么?

第十七章 以牙还牙

他们到达船库的时候，玛吉和狄克已了无踪影，但他们的船在棚子里，停泊在另外两条船的前面，就在之前停放的地方。

“他们平安地回来了，”朱利安说，“我想知道他们在哪儿。我们就别把这笨重的木筏拖进船库了，我感觉手臂一点儿力气都没了。我们把它拖到一丛灌木下，在那儿系好吧。”

他们认为这个主意很好，于是把木筏拉到一些长得密实的灌木边，将它牢牢地系在一根突伸出地面的树根上。

然后他们走回破烂的房子，一路上密切留意玛吉和狄克的踪影，但还是没有看到他俩。

他们进入房子，提米在最前面。它没有叫，因此他们知道房子是安全的。它领头来到通往地窖的阶

梯，接着低吼起来！

“什么事？”朱利安说，“他们在下面吗，提米？”

提米直接跑下阶梯，进入地窖。它又低吼起来，但不是平常那种警告附近有敌人或陌生人的狂吠，而是一种生气、恼火的低吼，好像有什么东西出了错。

“我想亲爱的玛吉和邋遢狄克下来过这里，发现了我们的总部所在！”朱利安跟着提米走下阶梯，说道。他打开电筒。

帚石楠和干蕨菜床和他们离开时一个样，好像没有什么东西被翻动过。朱利安点亮壁炉台上的蜡烛，黑暗的小地下室立刻恢复了生机。

“提米怎么啦？”乔治进入地窖，问道，“它还在叫。提米，发生什么事啦？”

“我想它闻到了其他人来过这里的气味，”狄克说，“你看它到处嗅闻。很明显，有人来过这里。”

“有人饿了吗？”安问，“我可以来点蛋糕和饼干。”

“好的。”朱利安说，同时打开置放他们购买的食物的橱柜。

那里什么都没有！除了之前就在橱柜里的陶瓷餐具和一两样零碎东西，什么都没有。面包不见了，还有饼干、巧克力——每一样东西！

“该死！”朱利安愤怒地说，“看看！禽兽！他们把我们的食物都拿走了，丝毫不剩，连一块饼干都没留下。没想到他们会做这样的事，我们真是蠢死了！”

“他们很聪明，”狄克说，“他们知道我们没有食物，就无法久留。这是一个把我们赶走的好办法。不管怎么说，今晚去买食物已经太迟了，而要是我们明天去的话，他们就有充裕的时间做他们来这个地方想做的事……趁我们不在的时候。”

大伙儿的心情明显低落下来。他们又累又饿，饱餐一顿将能产生天壤之别的效果。安瘫坐到她的帚石楠床上，连声叹息。

“真希望我的背包里有些巧克力，”她说，“但那里压根儿就没有。还有可怜的提姆，它也饿了！瞧它嗅闻橱柜，看着乔治的样子。提姆，你没有吃的了，橱柜里一无所有！”

“那两个坏蛋去哪儿了？”朱利安突然怒气冲冲地说，“我要去骂他们一顿！我要告诉他们，我对来偷窃橱柜，把所有食物卷走的人是怎么想的。”

“汪汪。”提米完全赞同地叫唤。

朱利安气愤地走上阶梯，再次想探究玛吉和邋遢

狄克人在何处。他走到空荡荡的门口，向外张望，接着看到他们在哪儿了。

在几棵茂密的树下，支起了两顶小帐篷！这么说，这就是那两个人打算过夜的地方了。他考虑着要不要去告诉他们，他对偷窃人家食物的人是怎么想的，然后决定应该去。

但当他和提米来到帐篷的时候，那里没人！里面铺展着小地毯，有个普赖默斯便携式燃油炉[①]、一把烧水壶和其他零碎东西。在一顶帐篷内的后面，有一堆东西，上面盖着一块布。

朱利安仔细看过每顶帐篷，然后走去看能不能发现玛吉和邋遢狄克去哪里了。最后他看到了他俩，正行走在树木之间。他想，他们肯定是去散步了。

他们没有回到帐篷，而是坐在了湖边。朱利安放弃了与他们交锋的想法，回到其他人身边。提米落在后面，兴奋地四处嗅闻。

“他们有帐篷，”朱利安回到地窖时，告诉大家，“很明显，他们是不达目的不罢休的。他们不在帐篷里，去湖边了。”

① 普赖默斯燃油炉是世界上第一个加压燃烧的煤油炉品牌。——译者注

“提米在哪儿？”乔治问，“朱，你不该把它甩在后面的。他们可能会对它动手的。”

“它来了！”当一阵熟悉的爪子触碰地板的咔嗒声传来时，朱利安说道。提米下了石头阶梯，朝乔治跑来。

“它嘴里有东西！”乔治惊讶地说。提米把东西放到她的大腿上，她大叫起来。

“是一罐脆饼！它从哪里得来的？”

朱利安放声大笑。“它肯定是从那顶帐篷里拿来的！”他说，“我看到那顶帐篷里有块布盖着什么东西，我想，是他们的食物！呵，呵！以牙还牙——他们拿走了我们的食物，现在提米拿走他们的！”

“公平交易不是抢劫，”狄克咧着嘴笑道，“活该！啊呀，提姆又不见了！”

不一会儿它带着一个纸包着的大东西回来了。一块大蛋糕！四个人又笑又叫。“提米！你是一个奇迹！你真的是！”

提米很高兴受到表扬，它又跑开带回一个纸板盒，里面装着一块上好的猪肉派。孩子们几乎不敢相信自己的眼睛。

“这是一个奇迹！”安说，“就在我决心忍饥挨饿

在几棵茂密的树下，支起了两顶小帐篷

好几个小时的时候！竟然有猪肉派！我们来点儿吧。”

“嗯，对此我想都不用再想，”朱利安坚决地说，“他们拿走我们的食物，我们该拿些他们的。我的天，别说提姆又不见了。”

已经不见了！它完全玩疯了。这次回来带了一包火腿，孩子们想象不出，它怎能在路上忍住不吃一口。

“嘴里叼着火腿竟不尝一口！”狄克说，“提姆是比我更好的‘人’，我是肯定会舔一下的。”

“我说，现在该制止它了，”提米又跑上阶梯，尾巴不停地摇来摆去的时候，朱利安说，“公平交换，我们得到的有点儿多了！”

“噢，就让我们看看这次它会带回什么吧，”安乞求道，“然后再制止它。”

它带着一个里面包着什么东西的旧面粉袋回来了。提米很聪明地用颈部携带着它，这样里面的东西便不会掉出来。乔治打开袋子。

“自制司康饼[1]，还有小圆面包，”她说，“提米，你非常、非常聪明，你会吃到一顿美妙的晚餐，但你

① 一种烤饼，是英国下午茶的一个基本组成成分。——译者注

不要去拿更多的东西了，因为我们得到的够多了。明白吗？不要更多了。躺下来做条乖乖狗，吃你的晚餐吧。”

提米十分乐意服从。它狼吞虎咽般吃下火腿和司康饼，还有一块蛋糕，然后去到上面的厨房，跳入水槽，拍打着水，躺在那儿，接着它跳下来，去往门口张望。它吠叫起来，然后是高声咆哮。

孩子们立刻冲上石阶。外面，隔着一段安全距离，站立着邋遢狄克。

“你们有没有拿我们的东西？”他喊道。

“不比你们拿走我们的多！”朱利安大喊着回应，“公平交易，你知道的，诸如此类的事情。”

“你们怎敢进入我们的帐篷？”男人愤怒地说，他的浓发使他在暮色中看起来十分怪异。

“我们没有进去，是狗取到东西带给我们的，”朱利安说，“你不要过来，它正盼着飞扑到你身上呢！我警告你，今晚它会站岗，所以就不要玩什么可笑的花招了。它强壮凶蛮得像头狮子。”

“格尔尔尔尔。”提米咆哮道，如此凶猛，男人吓得向后退去。他不再多说，气得发抖地走开了。

朱利安和其他人回去接着享用美餐。提米跟着他

们往回走，但它稳稳地待在地窖阶梯的上端。

“对它来说，今晚待在那里也不错，”朱利安说，“我丝毫不信任那两个人。我们可以给它一件夹克，让它躺在上面。哎呀，这事演变得越来越像一场精彩的冒险活动了，对吧？想到星期二就要回学校，似乎挺讨厌的呢。“

“我们必须先找到赃物！”安说，“真的很必要。朱，我们把那计划再拿出来看看吧，确认一下高石是标注在上面的。”

他们把它拿出来放在桌上，再次弓身细看。

“是的，高石标注在其中一条线的末端，”朱利安说，“托科山在对面那条线的末端。把地图拿来，看看有没有托科山。”

他们展开地图，仔细地查看。安突然把手指放在地图上。“在这儿。在我们看到高石的地方的湖对面。托科山在一边，高石在另一边，这肯定意味着什么。”

“是的，肯定的，”朱利安说，“这是用来揭示藏匿物品的方位的。给出了四个坐标——高石、托科山、烟囱，还有尖顶。”

“听好了！”狄克突然说，“听好了！我知道怎么

解读这份地图了。很容易。”

其他人惊讶又怀疑地看着他。

“那么，解来听听，”朱利安说，“告诉我们这都是什么意思。我不信你能行！”

想想吧

1. 玛吉和邋遢狄克去地窖做了什么？
2. 孩子们是怎么吃到美味的晚餐的？
3. 揭示隐藏赃物地点的四个坐标分别是什么？
4. 谁能解读纸条上画出的地图？

第十八章　令人振奋的时刻

“把我们所知的所有线索都加以考虑，”狄克说，看上去很激动，“两棵树，在这儿。深色湖，肯定是藏赃物的地方。野姑娘简妮，是装有赃物的船只，隐藏在深色湖的某个地方。”

“接着说。”狄克停下来思考的时候，朱利安说。

“玛吉是下一条线索——呃，她在这儿，可能是内勒的老朋友吧，”狄克说，“她也知道所有的线索。”

他猛地用手指戳着那张纸。“现在来看看这些线索。听着！我们外出到湖上时看到了高石，对吧？很好。在湖上肯定有某个点，我们不仅能看到高石，而且还能看到托科山、烟囱和尖顶，暂且不管它们是什么吧！肯定只有一个地点，从那儿我们能够同时看到所有这四样东西——那就是猎取宝物的地点！”

这话说完后是一阵惊讶的静默。朱利安长吸口气，

拍着狄克的后背。

“理当如此！我们多傻啊，之前没能明白这点。野姑娘简妮肯定是在湖上，或者湖底某个地方，那个地方能同时看到所有四条线索，我们只有去探索才能够发现！”

“是的，但别忘了玛吉和邋遢狄克也明白这些线索的意思！要是可能的话，他们会先到那儿！”狄克说，“而且，要是他们拿到了东西，我们便无计可施。我们不是警察！他们会带着发现的东西远走高飞，消失得无影无踪。”

每个人都开始感到无比激动。“我认为明天上午我们最好早早出发，”朱利安说，“天一亮就走，否则玛吉和狄克就会先到。真希望我们有个闹钟。”

“我们乘木筏去，划桨航行，直到又能看见高石。然后我们保持它在视线范围内，直到看见托科山，不管它是个什么东西，”狄克说，“一旦我们发现它，就保持高石和托科山在视线范围内，划动木筏，看看在哪儿可以看到一座尖顶，接着是一座烟囱。我想两棵树的房子应该是有一座烟囱残留下来了！你们有注意到残留下来的一座高高耸立的烟囱吗？”

“是的，注意到了，”安说，“狄克，这藏东西的办

法真是聪明绝顶啊。除非对这个秘密有所知晓，否则没人可能明白这些线索的意思。这太令人激动了！”

他们对此议论了一阵子，然后朱利安说他们真的必须去睡了，否则早上绝不可能早醒。

他们在帚石楠和干蕨菜床上安息下来。提米在通向地窖的台阶顶，躺在朱利安的夹克上，好像认为晚上睡在那里是个很好的点子。

他们都累了，很快陷入了梦乡。夜里没有惊扰他们的事情发生。狐狸又来了，朝老房子里望，但提米一动不动，只是发出一声低吼，狐狸便逃跑了，毛茸茸的尾巴在身后四散开来。

清晨来临了，日光悄悄地从烧坏的门口和窗户溜进来。提米活动活动身子，走到门口朝那两顶帐篷张望，那儿没人。它走到地窖阶梯，咔嚓作响地下去，马上吵醒了狄克和朱利安。

“几点了？”朱利安说，马上记起了他得早起，“七点半。大家快醒醒！天亮了。我们有一堆事要做！”

他们赶紧洗脸、梳头、刷牙，尽量把衣服向下刷顺。安给大家准备好了一些点心——火腿、司康饼，还有每人一块脆饼。他们都喝了水，然后准备出发了。

那两顶帐篷附近没有人影。“很好，”朱利安说，“我们会先到那里！”

他们把木筏拖拉出来，登上去，拿起桨，接着便出发了，提米也出发了，大伙儿感到特别兴奋。

“我们朝昨天傍晚安看到高石的大概位置划，”朱利安说。于是他们意气风发地划了起来，尽管他们的手臂因为昨天划船而变得僵硬，疲劳的肌肉再次用力，实在是酸痛无比！

他们划到湖中央，寻找高石。好像哪儿都看不到它的影子！他们使劲地寻找，但很长一段时间，根本找不着它。然后狄克大叫一声：“刚刚看见了它。看，我们经过那边岸上那些高大的树木时，高石便进入视野了。它之前就是在那些树木后面的。”

“很好，”朱利安说，“现在我停止划桨，保持高石在视线范围内，要是它出了视线范围，我会告诉你们，你们便向后划。狄克，你能不能边划桨边搜寻对面可能是托科山的东西？我不敢把视线从高石上移开，怕它消失不见了。”

“好的。”狄克说，一边划桨一边热切地寻找托科山。

“找到了，”他突然说，“肯定是它了！看，那边，

一座古怪的小山，顶部尖尖的。朱利安，你还能看见高石吗？”

“看得见，”朱利安说，“你盯着托科山。现在轮到姑娘们了。乔治，荡桨划开，看你能不能发现尖顶。”

“我现在已经看到它了！”乔治说，男孩子们都暂时把视线从高石和托科山上移开，朝乔治指着的方向望去，看到了远方的教堂尖顶在早上的阳光里熠熠生光。

“好，好，很好，”朱利安说，“现在，安，寻找烟囱，朝湖尽头房子所在的方向看。你能看到它的烟囱吗？”

“没有看见呢，”安说，“向左划一点儿，哎，乔治，左边！对啦，对啦，我看到一座烟囱了。大家停下，我们到了！”

他们都停止了划桨，木筏继续漂动，安又看不到烟囱了！他们往回划一点儿，直到它进入视野，可那时乔治又看不到尖顶了！

终于，四样东西一块儿映入眼帘，而木筏在平静的湖面上看起来像是静止不动的样子。

“我要扔些东西来给这个地方做个标记，”朱利安仍定定地盯着高石说，“乔治，你能不能尽量同时看着

高石和尖顶？我暂时得用眼睛看我要做的事。”

“我尽量吧，”乔治说，先是盯着高石，然后盯着尖顶，然后又是高石，暗自希望并祈祷要是木筏在水面上漂动，这两样东西别滑出视线。

朱利安很忙碌，他从口袋里掏出电筒和小折刀，用细绳把它们绑在一起。“狄克，我的绳子不够，”他说，“你有一些，对吧？”

狄克当然有一些啦。他把手伸进口袋，眼睛仍盯着托科山，将绳子递给朱利安。

朱利安将它和绑着小刀、电筒的绳子尾端接起来，然后把它们放入水中，当它们随着自身的重力下沉时，他慢慢把绳子放开。绳子在他手中滑行，没多久便停下了，朱利安知道，小刀和电筒已经触到了湖底。

他又在口袋里摸索，知道口袋里某个地方有一个他已经刻成马头的软木塞。他找到它，用绳尾绕着它稳稳当当地扎起来，然后心存感激地将软木塞放落水中。它被绳子系着，在那儿漂动，而绳子直接导向湖底的小刀和电筒。

“完成！”他大松口气，“把眼睛从那些东西上移开！现在我已给这个地方做了标记，你们就不需要将

眼神凝固在那四个坐标上了！”

他告诉他们自己如何把小刀和电筒扎在一起，牵着绳子将它们放到湖底，然后在绳子另一端扎了个软木塞，这样它就会漂浮在那里，让他们知道这个位置。

他们都看着它。“朱，太聪明了，”狄克说，“但一旦我们划离这个点，而这是很容易发生的事，那我们想再找到这个软木塞，就太困难了！我们再给它扎个其他东西，是不是更好些？”

“我没有其他可漂浮的东西了，”朱利安说，“你有吗？”

“我有，”乔治说，同时递给他一个小木盒，“我把收集到的五便士存在这个盒子里，”她把钱塞进口袋里，说，“你可以用它，它比软木塞容易看见多了。”

朱利安把盒子缚到软木塞上，它更容易被看到！“好了！”他说，“现在我们干得挺不错的。我们肯定正好在赃物之上！”

他们都弯腰伏在木筏边向下看，他们看到了一幅最令人惊讶的景象！在他们下面，停留在湖底的，是一艘船！它待在那儿，在水的阴影之中，轮廓被木筏造成的涟漪搞得模糊不清。但很明显，它是一艘船！

“野姑娘简妮！”朱利安盯着下面说，想到他们

如此正确地解读出方位，所以实际上正处于野姑娘简妮之上，感到既惊奇又敬畏！“内勒肯定带着赃物来过这儿——把野姑娘简妮弄出来，划着它来到这个地点。他肯定是极其细致地选择好坐标，接着在船身上打洞，让赃物随它一块儿沉没，然后我猜想他便游回到岸边。”

“天才，”狄克说，“真的，他肯定是个非常聪明的家伙。不过我说，朱利安，我们究竟如何把船弄上来呢？”

“我想不出来，”朱利安说，“我就是——无法——想象！我甚至都没有想到这个问题。”

提米突然低吼起来，四人立刻抬头看是何原因。

他们看到一艘船漂过水面，正朝他们进发——玛吉和邋遢狄克坐在乐天派梅格上。孩子们相当肯定，这两人解读他们那张纸上的坐标的方式，和自己的方式如出一辙！

他俩全神贯注地寻找高石、托科山、烟囱和尖顶，全然没注意到这些孩子。“我认为他们想都没有想到，我们已经解读出方位，并且标好了地方，”朱利安说，“等他们发现我们正好在他们要找的地方时，不知有多抓狂！当心麻烦！”

想想吧

1. 狄克是如何解读纸条上的线索的?

2. 孩子们找到野姑娘简妮了吗?它藏在哪里?

3. 朱利安是如何给找到的地点做标记的?

4. 乔治的小木盒原来是做什么用的?

第十九章　玛吉和邋遢狄克很恼火

玛吉和邋遢狄克正划着船，大致朝这个方向而来，同时搜寻着孩子们已经发现了的同样的物体。四个人观望着他俩，乔治把手放在提米身上，制止它吠叫。

船越来越近了。玛吉正努力同时把两三个方位尽收眼底，她的头不断地从一边扭到另一边。孩子们相视而笑。他们四个能把全部方位尽收眼底，已经够不容易的了，要玛吉来做，肯定十分困难，尤其是邋遢狄克好像帮不了多少忙。

当船摇荡着朝这个大致方向前进时，他们听到玛吉发出严厉的指令，接着它直向他们驶来。邋遢狄克对背对着他们的玛吉粗声说了些什么，她突然转过身来，正在搜寻的东西从她的视野中消失了。

看到木筏这么接近，她脸满愤怒——而且就在她想要她的船去往的地方！担心她一直盯着的东西从视

野中消失，她又转过身去，急忙查看托科山、高石和尖顶是否仍能被同时看到。她用怒火中烧的声音对邋遢狄克说了些什么，他脸色很差地点点头。

船更近了，他们听到玛吉说：“我想现在我能看到它了，对，请往右边一点儿。”

“她现在发现烟囱了，”安轻声说，“我想他们已经找到了四个坐标。噢，天哪，船要撞上我们了！”

眼看就要撞上了！邋遢狄克冲着他们恶意地划来，船头使他们受到了很大的冲击，要不是朱利安一把抓住安，她可能已经掉落水中了。

他对邋遢狄克大喊：“当心点，混蛋！你差点害我们翻船了！你到底想干什么？”

“那就让开。”邋遢狄克吼道。提米开始凶猛地吠叫，船立刻从木筏边移开了。

“这个湖上有的是地方，”朱利安喊道，“你们来骚扰我们为的是什么？我们又没做坏事。”

“我们要向警察告发你们，”女人嚷道，她的脸气得红彤彤的，“拿走不属于你们的木筏，睡在你们无权停留的房子里，还偷走我们的食物。”

“别瞎说了，”朱利安大声说，“不要再撞我们。要是你们再撞，我就让狗去追你们。它正盼着呢。”

“格尔尔尔尔！”提米叫道，同时展示它那微微闪光的巨大白牙。邋遢狄克对玛吉飞快地低语了些什么，她又转过身来，对他们喊道：

“喂，听我说，你们这些孩子，识相点。我的朋友和我来这儿想度过一个安静的周末，我们去到哪儿，你们就出现在哪儿，这不太好吧。回去吧，别挡我们的路，我们便不会告发你们。这交易公平吧？我们甚至不会说你们偷走我们食物的事情。”

“我们认为该回去的时候自然会回去，”朱利安回答，“恐吓或交易对我们来说，不构成任何影响。”

一阵沉默，然后玛吉又跟邋遢狄克急急忙忙说了些话，他点点头。

“这是你们的期中假吗？”她说，“你们什么时候得回去？”

“明天，”朱利安说，“那时你们便可以摆脱我们了，但在那之前，我们还要在这条木筏上尽情地享受。”

两人匆忙商量起来，接着邋遢狄克稍微划动船桨，玛吉开始凝望水下。她突然抬头上望，对邋遢狄克点点头，他便又朝着湖的尽头划去！两人什么话都没说。

“我看出来他们打算做什么了，”朱利安语调欢快

地说，“他们认为我们明天就走了，所以会等到湖岸空无一人的时候，便来安安心心地取宝。你们看到玛吉望入水中，发现那条船了吗？我很担心她也会发现我们的标记——软木塞和盒子！但她没有。”

“我不知道你为什么说得这么开心，”乔治说，“我们没法把船弄上来，你知道这点——我们明天得离开，让那两个可恶的人取走抢劫所得，我不高兴。我猜想他们会用某种聪明的成年人的办法把船从湖底拉上来——我们明天离开后他们会这么做的。”

“乔治，今天你不够聪明呢，”朱利安看着船越划越远，说，“我跟他们说我们明天离开，就是希望他们走开和等待，给我们余留时间拿到赃物。我想我们拿得到！”

“怎么拿？”三个人异口同声地问，提米也探究似的盯着朱利安。

“呃，我们不必把船拉上来，”朱利安说，“我们只想得到赃物。有什么能阻挡我们到下面把它取来？我已经充分准备好了，脱掉衣服，潜水到湖底那里，摸索寻找麻袋或者其他袋子，或者盒子之类的东西。要是我发现一个，就会上来换气，从木筏上拿一小截绳子，接着又下去，把绳子系在麻袋上，你们便可以把

它拉到水面了！”

“噢，朱利安，听起来多么容易，但真的容易吗？”安说。乔治和狄克仔细地思考这个提议。他们都对朱利安的点子深感佩服。

“嗯，可能做起来比听上去的困难得多，但我的确想试一试。”朱利安说，同时开始脱他的套头衫。

安感受水温，水对她温暖的手来说，非常冷。“啊！我讨厌潜入这个可怕的又冷又暗的湖底，”她说，“朱，我认为你很勇敢。”

“别胡说了！”朱利安说。

现在他准备好入水了。他灵巧地跳入水中，几乎连一个水花都没有激起，其他三人在木筏边伸长脖子看。他们看见他下去了，一个模模糊糊的影像在水的深处。他在水下待了那么长时间，以至于安忧虑不安了。

“他不可能屏气屏得这么久！”她说，“不可能的！”

但是朱利安可以。他是学校的明星游泳健将和潜水员，这对他来说很容易。最后他又上来了，大口喘气，以弥补那么长时间屏住呼吸没有透气。其他人耐心地等待着。终于，他的呼吸平稳了，对他们露齿而笑。

“啊，好多了！哦，它在那儿！”他带着胜利的喜

悦说。

“是吗！”大伙儿说，激动不已，“噢，朱利安！”

“是的。我潜到船那里——以跳水的冲力就差不多到达那儿了，也许只需划几下便行了。可怜的老船沉没在那里，烂成了小片，末端一处，有个防水袋子——几乎可称为麻袋了，非常大的一袋。我用手摸了摸它，防水防得不错。这么说赃物肯定就装在里面了。”

“它很重吗？”狄克问。

“我使劲拉了一把，移动不了它，”朱利安说，“不是在某种程度上揳进去了，就是实在太沉了。不管怎么说，我们没办法通过潜水的方式把它取上来。我得再潜下去，用根绳子系住它，然后上来，我们一起用力拉，它就上来了！”

朱利安冷得发抖，安捡起她带来的夹克，递给他擦干身子。狄克飞快地看了一下木筏，看到有些小断绳突伸出来，有些已经半腐了，还有一小截绳子塞在木筏的两块木板之间。

不过它太短了，而其他断绳绝不可能联结在一起，形成一条足够长的绳子。

“朱利安，我们现有的断绳办不了事。”狄克说。朱利安正在擦身，眼睛朝两棵树矗立着的湖端望去，

眉毛皱起。其他人也望了过去。

船已到达那边的湖岸，已经被拉了上去。两人中的一个，孩子们看不清是谁，正站在湖岸——有个东西在阳光下闪光，他或者她拿着的某个东西！

“看到闪光了吗？”朱利安说，“嗯，不是玛吉就是邋遢狄克，正在使用双筒望远镜呢。我们在这里的时候，他们打算密切监视我们。我猜，就是为了确保我们不会突然发现那条船！他们想不到我们已经发现了。我打赌他们看到我在沉船的地方一头扎入水中时，十分担心！”

“噢，这么说那便是闪光的原因了，”乔治说，“双筒望远镜的闪光！对，他们正在观察我们。该死！朱，那就断了我们把赃物拖上来的念头了。他们会看见并等着我们呢！”

“是的。现在试图那么做没什么好处，”朱利安说，“不管怎样，正如狄克说的，我们没有足够长的绳子。我们得从船库那里搞到一些绳子。”

“但你认为什么时候适合将袋子从沉船中弄上来？”狄克问，“哪怕我们今天下午又出来，他们还是会用那个望远镜观察我们的。”

“外出时只有一个时候他们不会用望远镜观察我

们，”朱利安一边飞快地穿衣服，一边说，“那就是今晚。我们今晚出门！哎呀，好一次冒险活动！”

“别冒险。”安小声说。

“月亮会出来的。”乔治激动地说。

“绝招！”狄克猛拍一下朱利安的背，说，“我们现在回去吧，这样他们就不会对我们有所怀疑了，回去好好计划今晚的活动。我们最好也密切观察他们，以防他们今天下午划船来这个地点。”

“他们不会的，”朱利安说，“他们不敢轻易冒险，让我们发现他们的所作所为。他们肯定会等到我们离开。”

“等到赃物不见了！”乔治大笑一声说，“啊呀，我真希望那两个坏蛋不要又去拿走我们的食物！”

“我把食物藏在我们房间另外一边的地下室里了，而且把通向那儿的门给锁上了，这是钥匙。”朱利安举起一把大钥匙，龇牙咧嘴地笑道。

“你都不告诉我们！”乔治说，“朱利安，你是天才！你是怎么想到这样的点子的？”

“哦，只是用用脑子！”朱利安假装谦虚地说，接着大笑起来，“快点，要是我不马上暖身，就会受大寒了！”

想想吧

1. 朱利安打算如何取宝？
2. 玛吉和邋遢狄克在岸边如何监视孩子们的行动？
3. 朱利安认为什么时候是最佳取宝时间？
4. 朱利安把食物藏在了什么地方？

第二十章　月色之中

他们飞快地划着木筏离开了。狄克最后回头望了一眼，以确认用来标记沉船所在位置的软木塞和盒子仍在水面漂浮。是的，还在。

“要是今晚多云月亮没出来，那就太令人抓狂了，”他们划桨的时候，乔治说，“我们就无法看到托科山、高石和其余的坐标了。我们可能在黑暗中划了大半天，也找不着我们的‘软木与盒子’标记。”

“别还没走到桥那里就跨过桥。”狄克说。

“我没有，”乔治说，“我只是希望那种情况不要发生。”

“不会发生的，”朱利安看着天空说，“天气一直很好，没有变化。”

玛吉一看到孩子们又回来了，她和邋遢狄克便消失在帐篷里。朱利安咧嘴笑了。“他们松了一口气，去

吃点心了，”他说，“我自己也可以来一点。”

大伙儿都有同样的感觉。划桨是辛苦活，湖面上的空气十分清冷，够让任何人胃口大开的！

他们将木筏仍然推到隐蔽处，然后走向老房子。他们下到地窖，提米又喘着粗气，四处嗅闻。

“我敢打赌玛吉和邋遢狄克来过这儿，又到处窥探，”乔治说，“寻找他们的猪肉派和火腿！朱，好在你把东西锁起来了！”

朱利安打开锁，进入那边的地下室，把吃的东西拿出来。“一只大蟾蜍正兴趣满满地盯着它呢，”他把食物拿回来时说，“提米也兴趣满满地盯着蟾蜍，但它到现在已经懂得小心蟾蜍了，扑到它们身上的滋味太恶心了！”

他们把食物拿上去，置于阳光中，愉快地享用。橘汁已经喝完了，所以他们用力泵出一些水，以清澈的冷水代替饮料。

“你们知道现在是三点差一刻吗？”朱利安大为惊讶地说，“时间都流逝去哪儿了？约莫几个小时后，天就要黑了。让我想想，月亮在十一点左右当空映照，我认为，那便是我们出发的时间。”

“请不要去了。”安说。朱利安用手臂环抱着她。

“安，嗨，你知道你并不是这个意思，”他说，“你知道等时间一到，你会喜欢这一切。你无法忍受置身事外！是吧？”

“是的。我想我忍受不了，”安说，“但我不喜欢玛吉和邋遢狄克！”

“我们也不喜欢，”朱利安乐观地说，“这正是我们要在他们的游戏中打败他们的原因。我们是正义的一方，为了这一点，冒一点儿险是值得的。现在让我们想想，或许天黑前我们最好注意观察那两人的动向，只是为了防止万一他们耍什么鬼花招。然后要是能够的话，我们小睡一阵，以保证今晚我们精力充沛。”

“他们在那儿！”安说。她说话的当儿，玛吉与她的同伙出了帐篷。他们说了几句话，然后走开去往荒野了。

“我想，是去开始他们的日常散步了，”狄克说，“我们来玩一场板球游戏吧。那边有点木头可作为球棒，我背包里有个球。”

“好主意，”朱利安说，“我泡澡后还感觉有点冷呢。呵！那水真冷。想到今晚要跳入水中，我并不感到十分激动！”

“让我来吧，”狄克马上说，“这次轮到我了！”

“不，我知道赃物的确切位置，”朱利安说，“得我下去，但要是你愿意的话，也可以下去帮忙把绳子系到赃物上。”

“行，”狄克说，“喂，注意，我要投球了！”

他们玩得很高兴。太阳越落越低，然后消失了。一片云彩飘过上空，黑暗旋即降临了。乔治忧虑地仰望天空。

“没关系的，”朱利安说，“会变晴的。别担心！”

他们回到房子之前，朱利安和狄克溜到船库寻找晚上需要的绳索。他们毫不费力地找到了，高高兴兴地回来。这是一根很结实的绳子，只有一处有磨损。

朱利安对天气的判断是正确的，大约一小时后，天空又清朗了，星星亮晶晶地闪耀。太好了！朱利安让提米在门口守着，然后他和其他人走进黑暗的地窖，点亮几支蜡烛。他们都舒服地躺到帚石楠床上。

“我没办法打瞌睡，”安抱怨道，“我太兴奋了。”

“那就别睡，”狄克说，“就休息休息，时间到了叫醒我们！”

安是唯一一个没有沉入美妙梦乡的人。她清醒地躺着，想着这次新的冒险活动。有些孩子总是遭遇奇

遇，有些孩子碰不到奇遇。安认为阅读奇遇故事比实际经历要好得多，但话说回来，也许只在纸上阅读奇遇故事的人，正渴望自己来一场奇遇呢！这一切太复杂了。

安在十到十一点时叫醒大家。她先摇醒乔治，接着摇醒男孩子们。他们都睡得如此酣畅，叫醒他们十分困难。

但很快他们便起身行动了，同时轻言低语。“绳子在哪儿？好的，在这儿。最好穿上夹克和雨衣，湖上会非常寒冷。准备好了吗？喂，别出声！”

提米一听到他们有动静，便下到地窖里。它明白必须保持安静，所以连叫都没叫一声。发现他们要进入外面的夜色之中，它十分兴奋。

现在月亮已经升得很高了，虽然不是满月，但十分明亮。小片的云朵游行于天空，月亮时不时地被一片云彩遮住，世界便暗淡下来，但那只持续一两分钟而已，然后它又露面了，像之前一样光彩照人。

“有没有其他人的踪影？”狄克小声地说。朱利安站在门口，朝帐篷望去。没有，那边静悄悄的。不过，他和其他人还是蹑手蹑脚地绕过房子的一边，保持隐身在阴影之中，这样好一些。

“我们不想冒任何风险让他们现在发现我们，”朱利安轻声说，发出指令，“不管做什么，都别现身于月光中。乔治，一定要让提姆靠近身边走。”

一直小心地隐身在阴影中，他们轻手轻脚地来到湖边。湖水在月色中泛着微光，一条明亮的月光小路在湖面上延伸，非常好看。湖看上去非常幽暗和沉闷。安希望它能发出某种声音，哪怕是湖边细小的“拉扑、拉扑、拉扑”的浪声。然而什么声音都没有。

他们把木筏拉出来，将那卷绳子扔上去。接着他们爬上去，划桨时，他们享受着木筏在水上发出的平顺连贯的“啵啵、啵啵、啵啵”声。出发了！

提米很兴奋，舔着四人中的头一个，接着是另外一个。它喜欢晚上出门。月亮照在这一小群人身上，将木筏荡过水面时激起的每一道小涟漪转换为银白色。

“美如仙境的夜晚，”安环顾岸边成排静立的树木说，“整个地方如此静谧安宁。”

一只猫头鹰马上从树上大叫一声，真的非常响亮，把安吓了一大跳。

“现在就别说天地万物多么静谧了，会引得所有的

猫头鹰叫声一片的，”朱利安戏谑道，“不过我同意这真是一个美如仙境的夜晚。这湖是多么平静，像镜子一般，我好奇它是否曾经产生过波浪之类的东西！你认为在暴风雨中，它也是这个样子的吗？”

“它是一个奇异的湖。”狄克说，“提米，注意，那是我的耳朵，别把它舔掉了。喂，有人在注意寻找我们的四个坐标吗？”

“唔，我们或多或少地知道要将木筏划向何处，”朱利安说，“我们会朝那个方向去，然后看能不能发现坐标。我肯定此刻我们的方向正确。”

是的。乔治很快便看到了高石，接着托科山映入眼帘，没多久，尖顶也出现了，在月光中散发出光彩。

“我打赌内勒是在一个月光清照的夜晚来这儿藏他的赃物的，”朱利安说，“能清晰地看见所有的坐标——甚至高石。以后有时间一定要弄清楚它是个什么东西。看起来像个巨大的石头指针，矗立起来用以纪念某个事物或某个人。”

“现在看到烟囱了，”安说，“全在视野之中了——该接近我们的标记了。”

“到了！”狄克指着附近一个漂动的小黑影说，

“软木塞和盒子。我们真是聪明绝顶啊！我衷心对五人组深感佩服！”

“傻瓜！”朱利安说，“来吧，狄克，脱衣服，我们立刻开工。呵！好冷！”

两个男孩飞快地脱掉衣服，在木筏中央将它们放成干净利落的一堆。“安，照管好它们，”朱利安说，“狄克，拿好绳子了吗？那就来吧，我们入水。现在我们看不到船，水太暗了，但我们知道它就在软木和盒子下面！”

男孩子一个接着一个跳入水中。扑通！扑通！两人都是身手不凡的潜水员。他们跃入水中时，木筏震动起来，提米差点也跟着下水了。

朱利安先跳，他在水下张开眼，发现自己能看到沉船就在身下，他用力划两下，到了沉船处，使劲拉那个防水袋。狄克几乎是马上便来到他身边，手里拿着绳子。男孩们将它紧紧地捆绑住袋子顶部。

在能够完成任务之前，他们得升到水面呼吸换气。狄克在水下没办法像朱利安那样憋气憋那么久，他先上来，大口大口地呼吸，接着朱利安冒上来。当男孩们喘着气呼吸他们渴求的空气时，夜色中充满了沉重、费力的喘息声。

女孩们知道那时最好什么也别问，她们焦灼地等待着，直到男孩们的呼吸平缓下来。朱利安转过头来，对她俩露齿而笑。

“一切顺利！”他说，“嗨，我们又下去了！”

想想吧

1. 孩子们饭后玩了什么游戏？
2. 孩子们在哪里找到一根结实的绳子？
3. 只有一人在行动之前无法入睡，是谁呢？
4. 是朱利安一人下水取宝吗？

第二十一章　终于拿到袋子了！

男孩们又下去了，木筏再次剧烈地晃动起来。女孩们在木筏边焦急地凝望着，等待他们回来。

朱利安和狄克一两秒钟的样子便下到沉船处，完成了用绳子绑好防水袋的任务，朱利安用力拉了一下，暗自希望要是袋子被紧卡在船上的话，这么一拉能将它解脱出来。他手抓剩余的绳子，想把它拉上水面。

然后，又急需换气，两个男孩上升到木筏边，从水中冒出，大口粗喘。两人爬上木筏。

一分钟后，他们的呼吸缓和过来，然后狄克和朱利安一起抓住绳子。女孩们看着，心跳得飞快。现在是考验的时刻了！那防水袋会上来吗?

男孩们用力地拉，但并不是猛拉，木筏倾斜了，安一把抓住木筏中央的那堆衣服，狄克又落入了

朱利安和狄克一两秒钟的样子便下到沉船处

水中。

他急切含糊地说着话，又爬上来。“得更匀速地拉，”他说，“我感觉袋子动了一点点，你感觉到了吗？”

朱利安点点头。他冷得发抖，但眼睛闪着激动的光。安把一件雨衣披到他肩上，也给狄克披上一件，他俩甚至都没注意到！

“现在，再拉，”朱利安说，“沉着稳定地拉，稳住，稳住！它来了！天啊，它真的上来了。拉啊，狄克，拉！”

绳子拉到末尾，沉重的袋子上来的时候，木筏又倾斜起来，男孩们担心大伙儿都落入水中，赶紧逼迫自己回到木筏的另一边。提米开始激动地吠叫。

“安静，提米。”乔治马上说道。她知道声音多么容易在水面上传播，她担心帐篷里的两个人可能会听到。

“来啦，在这儿，看，就在水面下！”安说，“男孩们，再拉一把！”

然而要把沉重的袋子拉到木筏上而不弄翻它，是不可能的。像现在这样，木筏晃动和倾斜时水溅上来，姑娘们就已经全身浇湿了。

“听我说，我们划回岸边，让袋子拖在后面，”最后，朱利安说，“我们这样只会把木筏弄翻。狄克，穿上衣服。我们回到老房子，舒舒服服地把袋子打开。我现在太冷了，手指都没感觉了。”

男孩们飞快地穿上衣服。他们都冷得发抖，很高兴拿起木桨用力划，让木筏回到岸边。他俩很快便感到令人愉快的温暖悄无声息地传遍全身，两人都对自己感到十分满意。

他们回头望望被拖曳在水面下跟着他们行进的大家伙。袋子里是什么？激动再次蔓延过他们的心头。因为四个人都很用力，想尽快回去，所以木桨以最快速度划过湖面。提米也很激动，它站在木筏中间，看着跟在后面晃动的东西，不停地摇着长尾巴。

终于，他们来到湖的尽头，尽量不出声响地把木筏拖拉到灌木丛下原来的位置。他们不想把它留在湖岸，以免玛吉和邋遢狄克看到它又曾被使用过而生出疑心。

狄克和朱利安把防水袋从水里拉出来，两人协力提着它，小心翼翼地回到房子那里。烧坏的屋顶、门和窗户，使房子看起来凄凉至极、形状怪诞，但孩子们并未注意到它在月光中绝望的模样，他们太激

动了！

他们缓慢地走在杂草丛生、夹在两面垮掉的墙之间的小路上，脚步在布满苔藓的软绵绵的地上，不发出一点儿声响。他们来到门口，把那捆东西拖进厨房。

“去把地窖里的蜡烛点亮，”朱利安对乔治说，“我只想确保那两个人没有在某个地方窥探。”

乔治和安去点蜡烛，她俩用手电筒照着前面，走下石头阶梯。朱利安和狄克站在豁开的门口，对着月光，竖起耳朵倾听。听不到一点儿声响，看不到移动的人影！

他们让提米值守，让它留在那儿，两人把滴答着水的那捆重物拖过厨房的石头地板，将它滚下阶梯……终于，它摆在了他们的面前，就要被打开！

朱利安的手指摸索着寻找绳结，乔治等不了了，她拿出一把小折刀，将它递给朱利安。

“看在老天爷的分上，把绳子割断！”她说，“我一刻也等不了啦。”

朱利安咧嘴笑了起来。他割断绳子，接着看怎么打开防水的包装材料。

“我明白了，”他说，“东西被层层叠叠地包好，然

后缝起来，变成一个袋子的样子，这样就确保赃物绝对防水。”

“快点！”乔治说，“我一分钟之内自己把它撕开！”

朱利安把接合包装材料的坚固缝线割开，他们开始打开包装。防水包装材料似乎有好多英码长！但终于它全脱落下来了！那儿，在一大堆防水材料中间，是许多小盒子——皮革面的盒子，任何人一看便知那是珠宝盒子！

“那么，它就是珠宝了！”安说，同时打开一个盒子。他们都惊奇地发出声来。

一条华丽的项链在黑色的天鹅绒布上散发光彩，在烛光中闪烁、发亮，熠熠生辉，仿佛是置于火上，就连两个男孩子都凝望着它，说不出话来。哎哟，它适合女王来佩戴！

“它肯定是从法洛尼亚女王那里偷来的精美项链，”最后乔治说道，“我在报纸上看过它的照片。多么漂亮的钻石！”

“哎呀，它们是钻石！”安敬畏地说，“噢，朱利安，它们能值一大笔钱呢！一百镑，你认为呢？”

“安，更像值一百万英镑呢，”朱利安冷静地说，“啊呀，难怪内勒把这些偷来的东西小心地藏在这样

一个巧妙的地方，难怪玛吉和邋遢狄克这么渴望找到它们。我们来看看其他是些什么东西。”

每个盒子都装着某类宝石——蓝宝石手镯，红宝石和钻石戒指，一条奇异又绝妙的猫眼石项链，镶嵌有巨大钻石的耳环，钻石那么大颗，以至于安十分确信，没有人能够承受它们的重量！

“我永远、永远都不敢拥有像这样的珠宝，”安说，“我会总是担心它被人偷走。这些都属于法洛尼亚女王吗？”

“不。有些属于一位当时正在拜访她的公主，”朱利安说，“这些珠宝值得一位国王的赎金了。想到要照管它们，哪怕就一会儿，我都感到厌烦。”

“哦，它们落到我们手上，比落到玛吉和邋遢狄克手上要好得多。”乔治说。她手里拿着一串钻石，让它们在手指间滑过。它们亮晶晶地闪耀着，多么美丽！没有人能够想象，它们曾沉没于湖底，长达一两年之久！

“现在我们来想一想，”朱利安在桌边坐下，说，“我们明天下午要回到学校，也就是星期二——是不是现在已经是星期二了？肯定过了午夜了，天啊，是的，差不多两点半了！你们相信吗？”

“我感觉自己好像能相信任何事情，”安对着桌上闪闪烁烁的宝物眨巴着眼睛，说道。

“我们最好早早动身离开，”朱利安继续说下去，“我们得把这些东西交给警察……”

“不要交给前几天我们看到的那个可怕的警察！”乔治恐惧地说。

“当然不会。我认为最好的行事方式是给那个好人加斯顿打电话，告诉他我们有重要的消息报告警察，看他推荐我们去哪个警察局，”朱利安说，“他甚至可能会给我们安排一辆车，这样我们就不需要带着这些东西转换巴士了。我对随身携带这些东西不是特别感冒！”

“我们得携带所有这些盒子吗？”乔治沮丧地说。

“不。要是有人注意到它们，那是自找麻烦，”朱利安说，“恐怕我们得用手帕把珠宝包好，塞在我们的帆布背包的最下面了。我们把盒子留在这儿，警察要是想要盒子的话，以后可以来取。”

全定下来了。四人将珠光闪耀的饰物分开来，小心地分装到四块手帕里包好，一人一份。他们把手帕塞入背包里。

“我们最好用背包当枕头，”狄克说，“那样它们就

安全了。"

"什么！这些讨厌粗糙的背包！"安说，"为什么？有提米把守，是吧？我会把我的放在毯子下面，紧挨着我，但就是不会把头放在它上面。"

狄克笑了。"好的，安。提米不会让抢劫犯通过的，我很肯定。喂，早上的头一件事就是动身离开，对吧，朱利安？"

"是的，一醒来就走，"朱利安说，"我们没多少可吃的了，只剩下一些饼干和一点儿巧克力了。"

"我不在意，"安说，"此刻我太激动了，感觉以后我再也不想吃东西了！"

"明天你的想法会改变的，"朱利安大笑一声说，"喂，大家上床睡吧。"

他们在帚石楠和干蕨菜上躺下来，既激动又高兴。多么难忘的周末！一切起因于狄克和安迷了路，狄克睡在了错误的谷仓里！

"晚安，"朱利安打着呵欠说，"我感觉非常、非常富有，这辈子再也不会比现在更富有了。唔，我会尽量享受这种感觉！"

想想吧

1. 孩子们是如何把袋子弄到岸上的?

2. 珠宝是从谁那里偷来的?

3. 孩子们准备向谁请求帮助，将珠宝交给警察?

4. 孩子们如何携带珠宝离开?

第二十二章　激动人心的结局

他们听到提米吠叫，醒过来了。天已经大亮。朱利安跳上阶梯去看是怎么回事。他看到玛吉站在不很远的地方。

“为什么你们要留着这条凶猛的狗？”她喊道，“我只是来看看你们是否需要随身携带食物。如果你们想要的话，我们可以给你们一些。”

“突然间，你太友善了！”朱利安说。玛吉多么焦急地想摆脱他们啊！她甚至给他们食品，以便快点摆脱他们。但朱利安不想要玛吉或者邋遢狄克的任何食物！

“那你们要不要一点呢？”那女人问。她没办法诱使朱利安出去。他年纪轻轻的样子，但行为态度绝不孩子气，她挺怕他的。

“不，谢谢，”朱利安说，“我们正准备走了。你知

道的，今天得回学校。”

“哦，那你们最好赶快吧，”女人说，“要下雨了。”

朱利安转过身来，笑了。才不会下雨呢，玛吉为了快点把他们赶走，什么话都说得出！不过，那正是朱利安想要的——尽快离开此地！

十分钟后，四个孩子准备好上路了，每个人的背上都有背包和雨衣，每个人还要照管好价值好几千英镑的珠宝！这是多么非同寻常的事情。

“在荒野上步行十分愉快，”他们行进时安说，“我现在想唱歌了，事事顺利。唯一的问题是，等我们描述发生了什么事情的时候，学校里没有人会相信乔治和我。”

“我们可能会被布置完成一篇作文——《期中假你做了什么？》”乔治说，“皮特丝小姐会宣读我们的作文并且说：‘写得很好，但不着边际，你们不这样认为吗？’”

大家都笑了。提米伸出舌头环顾四周，乔治把这个样子形容为“它的笑脸”，接着它的“微笑”消失了，开始面向孩子们的后方吠叫起来。

他们四下望望，吓了一跳。“天啊，是玛吉和邋遢狄克，他们正怒火冲天地赶过来！”狄克说，“怎么

啦？他们舍不得我们离开，想要我们又回去？”

“他们想切断我们的路，”朱利安说，“看，他们离开小路，想抄近路来与我们相遇。周围全是沼泽地，所以我们不能离开我们走的这条路。他们真是白痴！除非他们熟悉这片高沼地的地形，否则他们会陷入泥沼的。“

玛吉和邋遢狄克愤怒地大喊大叫，邋遢狄克晃动着拳头，像只山羊似的从一丛草跳到另外一丛草上。

“他们看起来好像发狂的样子，”安说，突然感到害怕起来，“他们怎么啦？”

“我知道了！”乔治说，“他们去了我们的地窖，发现了防水材料还有所有那些空盒子。他们发现我们已经拿到了东西！”

“说得对！”朱利安说，“我们该把所有的盒子扔进边上那些地下室的。难怪他们怒气冲冲。他们输给了我们四个一大笔钱呢！”

“可是，现在他们认为他们能做些什么呢？”狄克说，“我们有提米，要是他们过来靠得太近，它肯定会飞扑上去的。不过邋遢狄克看起来气得要命，甚至连提米他也敢与之搏斗一场。真的，我认为他已经丧失理智了。”

“我想是的。”朱利安说，被那个男人疯狂的呼喊和行为震惊了。

他看着已经脸色发白的安。朱利安肯定提米会对付邋遢狄克，把他扑倒在地的，但他不想安看到狗与人的野蛮大战。毫无疑问，邋遢狄克已经被愤怒和失望冲昏了头脑。

提米开始猛叫起来。它嗥叫着，看起来十分粗蛮。它看出来那男人正按捺不住想和某人来场战斗。好吧，提米毫不在乎！

“我们快走吧，”朱利安说，“但我们没有捷径可走，注意，我们一定不要偏离小路。玛吉已经有麻烦了。”

她确实有麻烦了。她正在挣扎，足踝深陷于沼泽地里，喊着邋遢狄克过去帮她，但他一心想着穿过去到小路上截住孩子们。

接着他也陷入了麻烦，突然下陷到膝盖处！他试图攀爬出来，抓住一丛草之类的东西。他失足了，又陷了下去，发出一声极其痛苦的呼叫：“我的脚踝！我骨折了！玛吉，过来啊！”

但是玛吉有自己的麻烦，没有理会他。孩子们停下脚步，看着邋遢狄克。他正坐在一丛草上面，查看

自己的脚，即便从孩子们站着的地方看过去，都能看到他的脸色死白。他的脚踝肯定出了问题。

“该不该去帮他？”安颤抖着说。

“天啊，不！”朱利安说，“他可能在假装，让我们大家都看到——不过我认为不是。不管怎么说，追赶结束了。而且我认为，要是邋遢狄克真的伤了脚踝，他就没办法离开那块沼泽太远。看玛吉的样子，她的情形也一样。看，她又陷下去了！警察来找他们的时候，也许很容易把这两个讨厌的人收拾起来。”

“好好地扎在沼泽里吧，”狄克说，“嗯，就我个人来说，他俩我谁也不同情。他们是坏家伙。”

他们又继续前进。提米闷闷不乐，因为它最终没能和邋遢狄克大战一场。他们一路走下去，走了两个小时，到了里布尔斯。

“我们去邮局，去那儿打电话。”朱利安说。

老人很高兴又和他们见面了。“玩得愉快吗？”他说，“你们找到两棵树了吗？”

朱利安让他和其他人说话，自己走去查找加斯顿先生的电话号码。他找到了——衷心希望加斯顿先生不介意提供帮助，他打了过去。

加斯顿先生本人接的电话。“你好！谁？噢，是

的，我当然记得你们。你需要一点儿帮助？哦，我能为你做些什么呢？”

朱利安告诉了他。加斯顿先生惊讶地听着。

“什么？你们发现了法洛尼亚珠宝！不敢相信！你是说，现在在你们的背包里！上帝保佑！你不是在骗我，对吧？”

朱利安向他保证没骗他。加斯顿先生简直不敢相信自己的耳朵。“好的，好的，我当然会帮你们联系警察。我们最好去贾德库姆比，我认识那儿的警官，一个很好的人。你们在哪儿？噢，是的，我知道地方。你们在那儿等着，我开车去接你们，大概半个小时。”

他挂了电话，朱利安去找其他人，很高兴自己想到了和加斯顿先生联系。有些成年人非常好，而且深知该做什么。当他告诉其他人时，他们也很高兴。

“呃，我必须得说，虽然事情发生在我们身上，挺好的，但当我们把事情移交给成年人来处理，还是会有种安全、舒服的感觉，”乔治说，“现在我只想一件事——早餐！”

“我们最好早餐和午餐混在一块儿吃，”朱利安说，“时间已经很晚了。”

“噢，是的，我们来一顿早午餐吧！”安高兴地

说，“我喜欢早午餐。”

于是他们吃了些“早午餐”——三明治、小圆面包、饼干和姜汁啤酒，他们是在路边一家小店买到这些的。就在他们快吃完的时候，加斯顿先生开着一辆巨型汽车飞驰过来了！

四个孩子咧开嘴，对他开心地展露笑容。朱利安介绍了安和狄克。提米对再次见到他十分激动，礼貌地奉上一只爪子，加斯顿先生真诚地握住了它。

“你们的狗很懂礼貌，”他说，同时踩下加速器。呜嘘！他们以最快速度离开了，提米把头伸出窗外，坐在车里时，它总是这个样子的。

路上他们述说了他们非同寻常的故事，加斯顿先生对他们所做的一切充满了钦佩。“你们是一群勇敢的孩子！”他不停地说，“啊呀，真希望你们是我的孩子！”

他们来到警察局。加斯顿先生已经预先通知了警官，告知他们的到来，因而他正在等着他们。

“到我的私用房间来，”他说，“现在说第一件事——这些珠宝在哪儿？你们真的带着它们吗？先让我们看看，然后再说你们的故事。”

孩子们打开背包，解开从里面掏出来的手帕，将晶莹闪亮的珠宝倒在橡木桌上。

警官吹了一声口哨，和加斯顿先生互换一下目光。他捡起那串钻石项链。

“你们找到了它们！”他说，“正是这些珠宝！想一想，警察连着好几个月到处搜寻它们。年轻人，你们在哪儿找到它们的？”

“说来话长。”朱利安说。他开始讲起来，讲得很好，有遗漏之处时，其他人便做出提示。加斯顿先生和警官面带惊讶地倾听着。当朱利安讲到邋遢狄克和玛吉还被留在沼泽地里挣扎这部分时，警官打断了他。

“等等！他们还在那儿吗？在吗？好的。等一下！”

他按了一下铃，一个警察出现了。“告诉约翰带上三个人和车，去深色湖附近的格林沼泽地带，”警官命令道，“去把陷在那里挣扎的两个人带回来——一男一女。我们的老朋友邋遢狄克和玛吉·马丁！快！”

警察去了。安双手自抱，沾沾自喜。谢天谢地，现在那两个可恶的家伙要好好地被拘留一段时间了——直到她忘了他们为止！安一点儿也不喜欢他们。

朱利安的故事接近尾声，警官望着头发蓬乱、脏兮兮、凌乱不整的这群人，露出了笑容。他伸出手。“握握手！”他说，“你们全部！你们是这个国家需要

的那种孩子——勇敢、机智、负责的年轻人，善于用脑，又绝不放弃！能遇到你们我很骄傲！”

他们都庄重地和他握了手，提米也举起爪子，警官咧嘴笑了，也和它握了手。

“那现在，你们有什么计划？”加斯顿先生问，站了起来。

“呃，我们该在三点钟前回到学校，”朱利安说，“但我认为我们不能这个样子回校。我们会被起哄的！有没有一家旅馆，能让我们洗洗澡，把自己弄干净点儿？”

“你们可以在这儿洗，”警官说，“要是你们愿意，我可以用警车送你们回学校。要知道，我们能为从背包里拿出法洛尼亚珠宝的人所做的不多。上帝保佑，我简直不敢相信！”

加斯顿先生道别，说他能和他们交朋友，感到十分骄傲，便离去了。“你不要再卡在兔子洞了！”他对高兴地对他汪汪叫着的提米说。

他们沐浴，清洗了身上的每一寸肌肤，发现他们的衣服都被整齐地折好并刷过了，心里十分感激。他们梳好头，看上去清洁又整齐地来到警官的私用房间。他有个助手在那儿，正在检查珠宝并给它们做标

签，然后将它们放进盒子里面。

“你们肯定想知道，我们已经把那两个人带回来了，”他告诉他们，“那男人伤了脚踝，一步都动不了。我们发现那女人时，她正深陷泥沼。他俩对一切都厌烦透了，相当欢迎警察的到来！”

“噢，太好了！”四人齐声说道，安笑容满面，松了口气。那么玛吉和邋遢狄克的问题就解决了！

“这些是法洛尼亚珠宝，”警官说，“我一点儿也不怀疑。它们正在接受检查并贴上标签。我毫不怀疑，法洛尼亚女王和她有头衔的朋友听到你们的斩获，将会极其高兴。”

钟敲响了，两点半了。朱利安看着钟。离按时返校只有半个小时了。他们行吗？

“不要紧，”警官张嘴大笑着说，“车就在门口。我来送你们离去。你们都会在绝佳的时间点回到学校——要是有人相信你们的故事，我会很惊讶。来吧！”

他看着他们进了车，还有提米。“再见，”他说，并对他们十分潇洒地敬了一个礼，“能碰到你们，我觉得很骄傲，祝你们好运，五个小侦探！”

是的，祝你们好运，五个小侦探，祝你们还有更多的奇遇！

想想吧

1. 玛吉和邋遢狄克为什么追赶孩子们？

2. 在追赶孩子们时，
玛吉和邋遢狄克发生了什么事？

3. 玛吉和邋遢狄克最后怎样了？

4. 孩子们是怎么按时返校的？

译名对照表

类别	英文	中文
人名	Miss Peters	皮特丝小姐
	Willis	威利斯
	Johnson	约翰逊
	Old Gupps	老古普斯
	Ju	朱（朱利安的简称）
	Mr. Gaston	加斯顿先生
	Mrs Taggart	塔格特夫人
	Nailer	内勒
	Dirty Dick	邋遢狄克
	Maggie	玛吉
	Meg	梅格
物名	Stile	梯磴
	Tock Hill	托科山
	Steeple	尖顶
	Tall Stone	高石
	Chimney	烟囱

续表

类别	英文	中文
地名	Pippin Village	皮平村
	Blackbush Farm	布莱克布什农场
	Blind Valley	瞎眼谷
	Rabbit Hill	兔子山
	Lost Lake	失落湖
	Coney Copse	科尼林
	Fallaway Hill	峭壁山
	Blue Pond Farm	蓝池庄
	Beacons Village	烽火村
	Marlins	马林斯
	Spiggy House	斯皮奇大院
	Two-Trees	两棵树
	Gloomy Water	深色湖
	Three Shepherd Inn	“三个牧羊人”旅馆
	Reebles	里布尔斯村
	Gathercombe	贾德库姆比
	Green Marshes	格林沼泽地带

“五个小侦探”丛书

第一辑

1.《宝岛历险记》 米子 译
2.《再次大冒险》 孙精精 译
3.《离家出走》 杨盛梅 译
4.《走私者之峰》 庞贝 译
5.《马车出游历险记》 黄林涛 译

第二辑

6.《重返宝岛》 黄林涛 译
7.《幽灵火车》 黄林涛 译
8.《陷入大麻烦》 孙精精 译
9.《冒险的经历》 彭金玲 译
10.《一次远足》 欧阳耀地 译

图书在版编目（CIP）数据

一次远足 / (英) 伊尼德・布莱顿著 ; 欧阳耀地译
. -- 桂林 : 漓江出版社 , 2022.6
（“五个小侦探”丛书）
ISBN 978-7-5407-9238-1

Ⅰ . ①一… Ⅱ . ①伊… ②欧… Ⅲ . ①儿童小说—长篇小说—英国—现代 Ⅳ . ① I561.84

中国版本图书馆 CIP 数据核字 (2022) 第 056943 号

YI CI YUANZU
一次远足
［英］伊尼德・布莱顿 / 著
欧阳耀地 / 译
王珏 / 绘

出版人：刘迪才
丛书策划：沈东子　黄彦
责任编辑：辛丽芳
书籍设计：石绍康
责任监印：张璐

出版发行：漓江出版社有限公司
社址：广西桂林市南环路 22 号　邮编：541002
发行电话：010-65699511　0773-2583322
传真：010-85891290　0773-2582200
邮购热线：0773-2582200
电子信箱：ljcbs@163.com
微信公众号：lijiangpress
印制：北京中科印刷有限公司
［北京市通州区宋庄工业区 1 号楼 101 号　邮编：101118］
开本：880mm × 1230mm　1/32
印张：7.5　字数：110 千字　插图：6 幅
版次：2022 年 6 月第 1 版
印次：2022 年 6 月第 1 次印刷
书号：ISBN 978-7-5407-9238-1
定价：36.00 元